LORENZO T

All'ombra della Sfinge

Copertina: Paola Dalle Vedove
Illustrazioni: Francesca Marina Costa

© Edizioni Tredieci
Prima edizione 1995
Nuova edizione aggiornata 2014
Via Boarie 10 A Camino
31046 Oderzo - TV
tel. 0422-440031 fax 0422-963835
www.tredieci.com

EDITRICE

Capitolo Primo

Lotta sul fiume Nilo

Stava calando la sera.

Hanoi, sulla riva del Nilo, si godeva la frescura dopo una giornata incandescente. Le acque del fiume scorrevano lente e un lieve soffio d'aria increspava leggermente la superficie.

Il sole che tramontava era grande e magico; la sua luce rossa, riflettendosi sull'acqua, incendiava le piccole creste delle onde creando una scia luminosa.

Hanoi vide un airone alzarsi dalla riva e librarsi nell'aria; quando passò davanti al sole diventò una sagoma scura sullo sfondo fiammeggiante.

Hanoi era un ragazzo di appena 10 anni ma ne dimostrava di più; abituato alla vita all'aria aperta sapeva cavarsela in tutte le situazioni.

Portava, sulla testa rasata, la ciocca di capelli lunghi che dimostrava che era ancora un fanciullo; l'avrebbe tenuta fino ai 12 anni.

Mentre guardava il fiume ricordava bene che l'anno precedente, nel mese di agosto, era iniziata la grande piena. Il Nilo si era riempito d'acqua e sembrava dovesse scoppiare; le sue acque erano poi uscite dal letto invadendo la campagna. Quest'anno, invece, il Nilo scorreva tranquillo nel suo letto come un vecchio addormentato e la gente temeva la carestia.

Hanoi seguiva questi pensieri e guardava alcuni ippopotami che oziavano sulla riva.

Un piccolo, giocherellando e curiosando di qua e di là, si era allontanato dal gruppo.

Un vecchio coccodrillo stava in agguato, nascosto tra le canne di papiro, come un tronco d'albero secco. Appena il curiosone gli si avvicinò, con uno scatto improvviso spalancò le fauci e gli azzannò una zampa.

Il piccolo ippopotamo emise un urlo disperato che fece alzare dalle canne stormi di aironi, anatre selvatiche, uccelli multicolori.

Sembrava che niente potesse salvare quel cucciolone inesperto, quando la madre si lanciò contro il coccodrillo. Lo raggiunse e gli saltò sul dorso con le zampe anteriori.

Il rettile spalancò l'enorme bocca e a sua volta lasciò uscire dalla sua gola imponente un rantolo che si propagò per l'ampia valle del Nilo.

L'ippopotamino ne approfittò per fuggirsene verso la riva del fiume.

Ora il coccodrillo infuriato si rivolse contro l'assalitore. Ma nessuno immagina quanto tremenda sia una mamma ippopotamo quando qualcuno minaccia il suo piccolo. Essa afferrò il coccodrillo a metà corpo, lo trapassò con le lunghe zanne, poi lo alzò come fosse un fuscello e lo sferrò nel fiume.

Una macchia rossa si formò sull'acqua e si allargò rapidamente. Il rettile, col ventre squarciato, non tornò più a galla.

Il giovane ippopotamo, zoppicando per il dolore alla zampa ferita, si rifugiò sotto il ventre della madre che si guardava intorno sospettosa.

Hanoi urlò: «Bravo pancione, così si trattano i lucertoloni troppo cresciuti!»

E si avviò verso casa.

Capitolo Secondo

La famiglia di Hanoi

Quando Hanoi arrivò al villaggio, l'oscura coltre della notte aveva già avvolto ogni cosa. Per fortuna i suoi occhi si erano gradualmente abituati al buio e il percorso gli era talmente familiare che non aveva difficoltà a riconoscerlo.

Piuttosto, temeva i rimproveri di suo padre che gli raccomandava di rientrare prima del buio dicendogli:«L'Egitto è pieno di ladri e assassini e spesso i piccoli vengono rapiti per essere poi venduti come schiavi».

"Ma io non sono più un bambino" pensava orgogliosamente Hanoi "ormai ho dieci anni e so cavarmela da solo".

Intanto stringeva i pugni chiusi mettendo in evidenza i piccoli ma solidi muscoli.

In effetti Hanoi, malgrado la giovane età, era forte, indipendente, pieno di iniziativa.

«Tutto suo padre» dicevano nel villaggio.

Il padre di Hanoi si chiamava Hor (abbreviativo di Horus) e come il dio Falco, era considerato invincibile nelle prove di forza...

"Non vorrei provare le sue mani" pensò Hanoi affrettando il passo.

Arrivò rapidamente al villaggio formato da un gruppo di case di contadini sulla riva del Nilo, collocate abbastanza in alto per non essere raggiunte dalle acque in piena.

Erano costruite con mattoni di argilla cotta al sole e le pareti erano intonacate con una sorta di malta formata da fango misto a paglia.

La casa di Hanoi era una delle più elevate rispetto al Nilo. Il ragazzo giunse sulla soglia, entrò e si aspettò i rimproveri per aver tardato. Invece trovò tutti particolarmente eccitati.

«Dove sei stato l'intera giornata?» chiese la madre «Sono accaduti eventi importanti».

«E quali?» domandò Hanoi con ansia.

«Oggi, nel pomeriggio, è giunto il messaggero del Faraone; era accompagnato da un drappello di guerrieri e da alcuni schiavi muniti di trombe che, con potenti squilli, hanno radunato la popolazione.

Poi, dopo aver parlato a lungo con lo scriba del villaggio, quell'importante personaggio ha pronunciato queste parole:«*Il Faraone Mamos, dio e padrone dell'Alto e del Basso Egitto, è preoccupato perché il Dio Nilo non ci ha ancora benedetto con la sua inondazione. Egli teme che il Dio sia indignato con la popolazione perchè gli vengono offerti scarsi sacrifici.*

Per questo domani, all'ora in cui il sole volge al tramonto, nella città di Tebe si svolgerà una cerimonia in suo onore.

Tutta la gente dovrà parteciparvi perché il Dio, che tutto vede e sa, capisca quanto noi gli siamo fedeli e ci invii le sue acque a rendere fertili i terreni del sacro suolo egizio».

«Che bello!» esclamò Nef, la sorella di Hanoi «così domani ci prepareremo come per i giorni di festa e andremo a Tebe! Adoro recarmi in quella città dove la gente è ben vestita e i palazzi sono lussuosi».

Poi rivolta al padre:«Padre, mi comprerete un nuovo collare! In città vi è un negozio dove ne vendono di stupendi».

Hor le rivolse uno sguardo che voleva essere severo e invece faceva trasparire il suo grande affetto per la figliola.

Nef aveva da poco compiuto quindici anni ed era davvero una bella ragazza.

Gli occhi, neri come il carbone, brillavano di intelligenza e di gioia di vivere.

Il viso, piuttosto rotondo, era regolare, con un nasetto piccolo e grazioso che contrastava con i nasi della maggior parte delle donne egizie, che tendevano ad essere piuttosto lunghi e con una piccola gobba.

Alta e slanciata, il suo corpo aveva già assunto le forme femminili tanto che molti, vedendola da lontano, la scambiavano con la sua bellissima madre.

Nel villaggio era certamante la ragazza più corteggiata perchè, oltre ad essere molto bella, esprimeva una grande gentilezza e bontà.

Lei però, non incoraggiava nessuno.

Non le piaceva la vita nel villaggio, era troppo isolata dal mondo pieno di sogni che popolavano la sua mente di adolescente.

E come gran parte delle ragazze Nef sognava giorni pieni di avventure e di novità, accanto ad un principe bellissimo, o perlomeno a un giovane di nobile famiglia, che accontentasse ogni suo desiderio.

«Non farti troppe idee piccola viziata» la rimproverò il padre «sai bene che questo è un anno sfavorevole!» Ma già prevedeva che sarebbe capitolato di fronte alle richieste della figlia.

La famiglia di Hor era abbastanza benestante; infatti il padre, uno dei più valorosi guerrieri del Faraone, riceveva ricchi premi ogni volta che partecipava ad una guerra vittoriosa per l'Egitto, e questo accadeva piuttosto spesso.

«Ed ora tutti a letto» ordinò Hor «domani mattina all'alba dovremo prepararci con le nostre vesti migliori e poi recarci a Tebe; anche usando la barca, impiegheremo alcune ore per il viaggio».

Fu la più giovane della famiglia, la piccola Tari, a richiamare l'attenzione del piccolo gruppo:«Io dormirò solo se prima mi raccontate la storia».

Tari aveva cinque anni ed era la coccola di tutti.

La mamma Isi la prese in braccio con affetto, la baciò sulla guancia e le sussurrò:«Vieni te la racconto io».

Come si stava bene tra le braccia della mamma! Tari si strinse ad Isi che la portò nella camera. La bambina dormiva assieme ai genitori, in un lettino di legno costruito dal padre.

Isi la sdraiò delicatamente sul lenzuolo pulito e le chiese:

«Che storia desideri questa sera?»

«Quella del dio Horus» esclamò Tari.

La mamma se l'aspettava: sapeva che la figlia adorava quel racconto.

Cominciò:«Nei tempi antichi, quando le tenebre erano eterne, sorse il Sole, colui che crea se stesso.

Egli creò per prima la terra e la chiamò Geb ed il

cielo che chiamò Nut».

«Geb e Nut si sposarono» sussurrò Tari.

«Certo, si sposarono ed ebbero quattro figli: due maschi, Osiride e Seth, e due femmine, Iside e Neftis».

«Osiride era buono» continuò Tari...

«Te la ricordi bene!... Osiride era il Dio buono che cominciò a creare prima il Dio Nilo, poi la terra e tutte le sue creature. Ma ecco che il fratello Seth, geloso della potenza e grandiosità di Osiride, lo assalì a tradimento, lo trafisse con la sua spada, ne fece a pezzi il corpo e li sparpagliò per il mondo».

«Che cattivo!» protestò la piccola.

«Iside e Neftis, le sorelle, disperate raccolsero tutti i pezzi del corpo di Osiride, li riunirono ed Iside, col suo amore, gli ridiede la vita.

«Per fortuna» mormorò Tari partecipe.

«Sorse un grande amore tra Iside, dea della luna, ed Osiride, che lei aveva salvato, e da loro nacque Horus, falco del cielo».

«Mi piace Horus» disse Tari «è il mio dio preferito».

«Egli volle vendicare l'orribile fatto accaduto al padre e cercò il malvagio Seth, lo trovò e lo sfidò a duello, lo vinse e lo scacciò, relegandolo nel regno delle tenebre...»

Isi guardò la piccola: il respiro si era fatto regolare e il viso si era disteso nel sonno.

Stava rimboccandole il lenzuolo di lino quando sentì un fruscìo; sorrise. Come al solito, Hanoi e Nef stavano ad ascoltare di nascosto. Amavano sentire le storie degli Dèi dell'Egitto.

La mattina dopo il sole era da poco sorto e tutto il villaggio risuonava di rumori, schiamazzi, preparativi degli abitanti che cominciavano ad abbigliarsi. Anche Nef si alzò all'alba e, mentre la mamma Isi preparava per tutti una nutriente colazione a base di fichi e pane, cominciò a vestirsi per la festa.

Indossò la sua migliore tunica di lino, la sistemò e drappeggiò per bene in modo che le pieghe le scendessero ordinate lungo il corpo.

Si sistemò il collare di oro e argento che il padre le aveva regalato quando era tornato sano e salvo dalla guerra contro gli Assiri, che portava solo nelle occasioni importanti, e ornò le braccia e le caviglie con numerosi bracciali.

Poi, davanti ad uno specchio, si sistemò sulla testa una parrucca di capelli veri, intrecciati con pazienza, spalmò sul viso una crema che le aveva dato sua madre e, per ultimo, si truccò gli occhi: con un sottile bastoncino appuntito, intinto nel colore nero, allungò le sopracciglia fin quasi agli orecchi poi, con un bel segno deciso, contornò ed ingrandì gli occhi.

Anche la mamma si era ornata e truccata con cura: un paio di vistosi orecchini d'oro le illuminavano il viso.

Poi Isi aveva preparato la figlia Tari, mentre Hanoi ed il marito Hor stavano a loro volta vestendosi a festa.

Il tutto avveniva tra scherzi e finti litigi; Nef si lamentava perchè Hanoi la spiava mentre si truccava e di tanto in tanto le faceva sparire qualche pennellino o qualche vasetto.

Capitolo Terzo

Il rapimento

Mentre Hor, Isi, Tari, Nef ed Hanoi si dirigevano verso Tebe, in una bottega della città si svolgeva questo colloquio:«Padrone, non possiamo tenere aperta la bottega proprio oggi che c'è la cerimonia religiosa in onore del grande Dio Nilo! Potrebbe punirti per la tua avarizia!» diceva un ragazzo di forse diciotto o vent'anni.

«Ma quale avarizia! Cosa deve sentire un povero commerciante che cerca di guadagnare quanto basta per sopravvivere!» rispondeva il padrone, una specie di pallone peloso di circa quarant'anni.

Quello era uno dei numerosi negozi che fiancheggiavano la via che portava al centro della superba città; vi si vendevano oggetti ornamentali ed erano ben esposti collari in lamine d'oro impreziositi da pietre colorate ed anelli e bracciali in rame e bronzo.

Facevano inoltre bella mostra di sè specchi e specchietti di bronzo e argento di varie forme, con montature in rame, argento e oro.

Non mancavano pettini, nè vasetti di ceramica decorati con gusto.

La bottega era una delle più frequentate dalle donne egizie, ma anche gli uomini venivano spesso ad acquistare qualche bracciale o monile.

Colui che aveva protestato per l'apertura era un giovane dai lineamenti delicati e dallo sguardo gentile.

La regolarità del suo volto avrebbe potuto farlo scambiare per una ragazza ed il padrone lo prendeva in giro per i suoi modi raffinati che somigliavano, diceva lui, a quelli di una donna.

Il ragazzo, che si chiamava Anù, aveva il capo rasato ed il bianco gonnellino che indossava, stretto ai fianchi, mostrava un corpo armonioso e sottile.

Quanto Anù era raffinato, tanto il padrone era rozzo e grossolano: piccolo e tarchiato, aveva una pancia enorme, rotonda come una luna piena, sotto la quale faticava a reggere uno striminzito gonnellino che sembrava sempre sul punto di scivolare giù.

Sul faccione troneggiava un naso monumentale da cui uscivano ciuffi di pelo scuro; anche la voce era sgraziata.

Gli occhi, sempre esageratamente spalancati, sembrava dovessero uscirgli dalle orbite e gli conferivano un'espressione agitata.

Il suo nome era Ippopotò. Non si riuscì mai a sapere

se così lo avesse chiamato suo padre o se fosse una deformazione apportata in seguito.

Questi due bei tipi stavano discutendo se tenere o no aperta la bottega, quando entrarono Hor, Isi, Hanoi, Nef e Tari.

Immediatamente Ippopotò interruppe la discussione e si profuse in mille inchini e gentilezze: «Quale onore! Entrate! Che bella bambina!» esclamò accarezzando Tari che fece un passo indietro e si nascose dietro la madre afferrandosi al suo vestito.

«Non aver paura di me» aggiunse Ippopotò «sono brutto, ma ho l'animo buono».

«Non si offenda» disse Isi un po' imbarazzata «Tari non ha molte occasioni di vedere gente sconosciuta ed è un po' selvatica, ma vedrà che prenderà ben presto confidenza».

Gli sorrise lasciandolo per un momento incantato con la bocca spalancata che sembrava un piccolo forno.

Isi era una vera regina. Il lungo abito di lino bianco le scendeva fino ai piedi sottolineando la sua figura alta e slanciata.

Un ricco collare dorato, ornato di turchesi e lapislazzuli, insieme a due vistosi orecchini pure d'oro, le illuminavano il viso.

La parrucca, formata da capelli veri abilmente intrecciati ed arricciati, era tenuta in sesto da una larga fascia di lino decorata con triangoli azzurri, annodata sulla nuca.

Ippopotò si scosse e si rivolse a Hor che stava osservando un bracciale dorato:«Sarebbe un dono perfetto per la sua splendida moglie!» disse con fare ossequioso.

Intanto Nef, dopo aver girato lo sguardo intorno, si avvicinò ad un diadema formato da una leggera lamina d'oro sulla quale erano state incise le immagini di Nut, che rappresentava il cielo, e del suo suo gemello Geb, che impersonificava la terra.

Tutto intorno poi erano decorati gli altri dei-animali dell'Egitto: il sacro coccodrillo, l'ibis, l'ippopotamo, lo sciacallo ed altri ancora.

Nef lo ammirava incantata e non sapeva staccare lo sguardo da quello splendido oggetto.

Poi si sentì osservata, girò o sguardo e scorse il giovane Anù che la stava guardando.

Le si avvicinò, prese il diadema e glielo porse: «Provalo, dovrebbe starti bene!»

Nef non si fece pregare, prese quel gioiello bellissimo e se lo pose sul capo.

Tari, che fino ad allora aveva assistito in silenzio, cominciò a strillare:«Voglio provarlo anch'io, voglio provarlo anch'io!».

In quel momento intervenne il padre che ordinò:«Se

vogliamo arrivare in tempo alla processione dobbiamo andare, ci fermeremo al ritorno!»

Ma Nef era completamente immersa nella gioia di guardare i gioielli che Anù le mostrava con gentilezza. Ogni volta, di fronte ad una nuova meraviglia, chiedeva chi ne fosse l'autore.

La risposta era sempre la stessa: era Anù, il giovane artigiano che Ippopotò aveva accolto nella sua bottega come apprendista e che aveva rivelato un'abilità davvero eccezionale.

Ippopotò non lo avrebbe ceduto ad altri per tutto l'oro del mondo.

Hor, spazientito, rincarò: «E allora, vogliamo andare?»

Nef lo pregò: «Padre andate avanti con gli altri; io mi fermerò un po' a guardare questi gioielli, sapete quanto mi piacciono; poi vi raggiungerò! C'è un'unica via che porta al tempio, non posso perdermi!»

La madre Isi intervenne in suo favore.

Hor avrebbe benissimo sconfitto da solo dieci guerrieri ben armati, ma con le sue donne non aveva alcuna possibilità di vittoria.

E così, mentre la famiglia si dirigeva con passo rapido verso il luogo delle celebrazioni, Nef continuò ad ammirare quegli oggetti in ognuno dei quali scopriva nuove meraviglie.

Ad un certo momento si accorse che si era fatto

tardi: «Per Iside!» esclamò «devo andare o i miei genitori si preoccuperanno». Salutò gentilmente Ippopotò e si girò per raggiungere la porta.

Sull'ingresso si trovò di fronte Anù, con il diadema in mano, che le disse: «Tieni, ti piace tanto, te lo regalo». Nef protestò: «No, non posso, è troppo».

Anche Ippopotò si disperò: «Come! Ma quel gioiello vale una fortuna!» e intanto i suoi occhi erano talmente dilatati che sembravano uscirgli dalle orbite.

Anù tagliò corto: «Lavorerò per voi fino a quando ve lo pagherò» e appoggiò delicatamente il diadema sul capo di Nef.

Ippopotò sembrava morso da una tarantola:

«Benedetto ragazzo» esclamò «i tuoi slanci di generosità ci rovineranno. Non puoi regalare oggetti così preziosi! Mi ridurrai sul lastrico. Già mi vedo a chiedere la carità!»

Quando Ippopotò si agitava, non era più consapevole dei suoi movimenti. Andò a sbattere contro un tavolino su cui erano appoggite spille e bracciali. Il tavolino si rovesciò ed egli, nel tentativo di tenerlo in piedi, cadde insieme ad una pioggia di monili.

Batté con la testa sul pavimento lastricato e si sentì un DONG, come se fosse caduta una zucca vuota, che rimbalzò sulle pareti del negozio.

Ma quella non era la sua giornata fortunata. Nella

caduta il suo sedere extramorbido si appoggiò su una spilla che per colmo della sfortuna aveva l'ago aperto. La punta acuminata si piantò profondamente su quella morbida ciccia.

«AAAHHHAAHHHH» si sentì un grido inumano che si propagò fino ai più nascosti rifugi di Tebe. Probabilmente il Dio Nilo fu risvegliato da quel grido molto più efficacemente di quanto non facessero le preghiere dei suoi sacerdoti.

«Vai, vai» sussurrò Anù a Nef, «io lo aiuto a rialzarsi; da solo non ce la farebbe mai. Vai e torna quando puoi».

Così dicendo si lanciò verso Ippopotò che, incapace di rizzarsi, stava rotolando sulla pancia afferrandosi alle gambe dei tavoli e rischiando di sfasciare tutto e intanto gridava:«Sono morto, sono morto! Osiride, sto venendo a trovarti!»

«Che morto e morto! Siete più vivo che mai! Alzatevi ..». esclamò Anù, e così dicendo lo prese per un braccio tirandolo.

Ma quello non si muoveva.

«E il diadema, glielo hai lasciato?» sussurrò Ippopotò con un filo di voce.

«Certo, cosa pretendavate, che glielo riprendessi?» rispose Anù.

«E allora sono ancora più morto!» esclamò Ippopotò inconsolabile.

«Va bene, se non vi alzate la rincorrerò e le regalerò anche un bracciale d'oro» esclamò Anù.

E allora si vide quella botticella balzare in piedi con la velocità del fulmine. Con una corsa velocissima raggiunse la porta e vi si pose davanti tenendo braccia e gambe ben spalancate.

«Di qui non uscirai mai, soprattutto con i miei gioielli! Avrai a che fare con la mia pancia!»

«Come siete resuscitato in fretta» esclamò Anù ridendo! «Meglio di Osiride... e senza l'aiuto di Iside!»

Nef, confusa, era uscita di corsa. Un sorriso le illuminava il viso al ricordo della scena. Cominciò a fendere la folla che diveniva sempre più fitta, cercando di raggiungere la sua famiglia.

Ripensava a quel bel giovane e un sentimento che non sapeva spiegare le riempiva il cuore.

«Mamma mia, mio padre mi rimprovererà» diceva tra sè mentre spingeva in avanti una spalla per poter risalire quella fiumana di persone.

Improvvisamente una manaccia callosa si posò sulla sua bocca premendola fino a farle male, mentre un forte braccio l'afferrava alla vita. La ragazza morse le dita che quasi la soffocavano e cercò di urlare, ma un colpo alla nuca le fece perdere le forze e si sentì sprofondare nel buio.

«Accidenti, come morde!» esclamò il tipo che l'aveva colpita, uno con un brutto muso che sembrava quello di un cane. «Presto, portiamola via di qua prima che qualcuno ci noti!» disse poi al compagno che aveva un muso ancora più brutto del suo e sembrava una iena del deserto.

«In mezzo a questa confusione penseranno che ha avuto un malore!» rispose costui riponendo in un sacchetto il diadema che aveva lestamente tolto dalla testa della povera Nef.

Qualche vicino gettò appena uno sguardo distratto sul gruppo. Gli svenimenti erano frequenti in mezzo a quella calca e in ogni caso nessuno cercava guai.

Così, sorreggendo la ragazza per le braccia, i due furfanti imboccarono un vicolo laterale, uscendo dalla corrente della folla.

Un terzo brigante li aspettava con un tappeto sulle spalle; lo aprirono, vi sdraiarono la ragazza e lo arrotolarono intorno al suo corpo.

«Attento che non soffochi» esclamò il primo dei tre «non l'hai mica colpita troppo forte? Non vorrei che morisse».

«Non preoccuparti, so fare il mio lavoro!» esclamò il bandito «A suo tempo sarà sana e vispa come un airone del Nilo!»

E così, muovendosi tra vicoli deserti e ben conosciuti,

i tre loschi figuri raggiunsero il loro rifugio col fardello umano sulle spalle.

Non si accorsero di un ragazzo che li aveva seguiti furtivamente nascondendosi tra i cespugli.

Capitolo Quarto

La cerimonia del Sacro Nilo

Hor, Hanoi e Isi, che teneva in braccio la piccola Tari, avevano raggiunto la piazza principale di Tebe. Una fila di guerrieri, con le lance incrociate, impediva alla folla di invadere lo spiazzo davanti al tempio.

Isi, giunta proprio alle spalle dei guerrieri, lanciava occhiate preoccupate all'indietro sperando di intravvedere la figlia quindicenne.

«Abbiamo fatto male a lasciare Nef da sola» esclamò «con questa folla non riuscirà più a trovarci».

«Nef è giudiziosa» la rassicurò Hor «ci raggiungerà appena finita la cerimonia».

Intanto, però, non smetteva di sbirciare a destra e a sinistra, nella speranza di scorgere la sottile figura della figlia.

«Io non vedo niente!» esclamò Tari, «è vero che qui davanti apparirà il Dio Horus?»

Il padre se la pose a cavalcioni sulle spalle; di lì la piccola poteva godersi lo spettacolo.

A sua volta, Hanoi si sdraiò per terra con la testa in mezzo alle gambe del soldato che faceva da contenimento, sperando che quello se ne restasse ben fermo.

Ad un tratto dodici trombe squillarono all'unisono e apparve, su una portantina trasportata da quaranta servi, il grande Faraone, Dio dell'Egitto. Era seduto su un trono rivestito d'oro, artisticamente decorato. Vicino a lui, appena un po' più in basso, stava sua moglie, la regina.

Indossavano ambedue le ricchissime vesti riservate alle cerimonie importanti.

Dalla folla partì un mormorio di ammirazione. Solo Tari non fu molto impressionata:«Quella sarebbe la regina? Sei molto più bella tu, mamma! Ed il Faraone ha una pancetta! Si capisce che mangia troppo!»

In quel momento giunse il Sommo Sacerdote; portava, sopra un cuscino, una statua tutta d'oro raffigurante il dio Osiride ai cui piedi stava una specie di serpente azzurro tempestato di diamanti che rappresentava il Dio Nilo.

Il Faraone, alzatosi con la solennità che il momento richiedeva, cominciò a parlare.

«Salute a te, o Osiride, che fai levare e tramontare il sole ogni giorno e dai la vita alle creature della terra. E a te o sacro Dio Nilo, che con la tua acqua porti ristoro alle persone, agli animali, alle piante. Tu sei l'Egitto e la sua vita! Senza di te la sabbia del deserto cancellerebbe il nostro mondo. Ti preghiamo, Sacro Nilo,

bagna con le tue acque le nostre terre, allagandole rendendole fertili.

Perché ritardi tanto a inviarci l'onda di piena? Forse qualcuno ti ha offeso? Ebbene io, il Faraone dell'Alto e Basso Egitto, ordino che in ogni casa, in ogni villaggio, si facciano offerte al Dio Nilo e lo si preghi devotamente».

Poi una piccola processione, composta dal Sommo Sacerdote e alcuni scribi e funzionari del Faraone, si recò nella sacra stanza del Nilometro. Era collegata, attraverso corridoi sotterranei, direttamente al Nilo. Quando le sue acque salivano, si alzavano anche nella stanza. Una serie di tacche in oro segnavano i diversi livelli. Vicino alla più alta c'era scritto "GRANDE INONDAZIONE".

Poi varie altre segnavano i gradi intermedi. In quel momento il livello dell'acqua stava sulla tacca più bassa, segno di grande siccità.

Il Sacerdote uscì e comunicò al popolo ciò che il sacro Nilometro indicava e invitò tutti a pregare il Dio.

Quando terminò la cerimonia il sole stava calando dietro le palme e il giorno cedeva il passo alle ombre della sera.

La folla si disperse e, in poco tempo, la piazza rimase vuota, con al centro Hor, Anù, Isi e Tari che si guardavano attorno sperando invano di veder comparire Nef.

Attesero a lungo; ormai il buio aveva reso case e palazzi ombre confuse e i quattro decisero di ritornare al villaggio.

«Sarà salita sulla barca di un nostro vicino» disse Hor per consolare Isi che aveva il viso impietrito per il dolore.

Ma anche lui aveva il presentimento che qualcosa di grave fosse accaduto.

Capitolo Quinto

Il messaggio segreto

Intanto Nef, avvolta nel tappeto, aveva pian piano ripreso conoscenza. Sentiva un acuto dolore al capo e alle costole, soprattutto nella parte in cui era appoggiata alle spalle del brigante che la stava trasportando. Si sentiva soffocare; allungò il collo protendendo il viso verso l'imboccatura del tappeto arrotolato, per meglio aspirare l'aria. Colui che la portava avvertì il movimento ed esclamò:«Senti senti, si è risvegliata! So fare bene il mio lavoro».

Passò un periodo che a Nef sembrò un'eternità e finalmente il tappeto fu posato al suolo e srotolato; apparve Nef che con una mano cercava di proteggersi gli occhi dalla luce di una torcia. La sua bellezza colpì il capo dei banditi che esclamò:«Caspita, questa volta abbiamo fatto un bel colpo davvero! Così giovane e bella ci frutterà un tesoro! Il principe fenicio Salid ci verserà ceste d'oro per averla come schiava! Senza contare il diadema che portava in testa e che da solo ci renderà una fortuna!»

La ragazza rimase per qualche attimo frastornata, poi raccolse tutte le sue forze e si scagliò contro il brigante più vicino. Questi, preso alla sprovvista, fece due passi all'indietro, inciampò su un vaso e cadde a terra col sedere provocando la sonora risata degli altri due brutti ceffi.

Nef, lesta, cercò di raggiungere l'uscita ma fu afferrata da uno dei due che le torse le mani dietro la schiena mentre l'altro, con una corda, le legava i polsi.

La giovane si contorse, scalciò, graffiò, cercò di mordere, ma venne sopraffatta e gettata in una buia stanzetta. La porta fu subito sbarrata all'esterno da un grosso palo.

La povera Nef si trovò stesa sull'umido pavimento di argilla cruda, con le costole che le dolevano più che mai e con le corde che le tagliavano i polsi.

Si avvicinò alla porta, era di solido legno. Impossibile pensare di sfondarla. Stava per lasciarsi vincere dal dolore quando sentì i banditi che discutevano.

Appoggiò l'orecchio alla porta.

Ora sentiva bene, anche perché il capo parlava ad alta voce assegnando gli ordini ai suoi compagni. Diceva: «Tu recati subito a Menfi e va a cercare il principe fenicio Salid; in questa stagione viene a scambiare le merci che raccoglie lungo le coste del grande mare.

Solo lui sa ricavare grandi quantità d'oro dai traffici con i Persiani, gli abitanti di Cipro, di Creta e delle lontane province dell'Africa. Vuole sempre schiave giovani e belle! Scoppierà dalla meraviglia, quando vedrà una ragazza così carina!»

«E anche battagliera» soggiunse l'altro lec-candosi i graffi.

«Vai, e aspettalo fin quando arriverà, noi saremo al solito rifugio, nella grotta sotterranea, sul fianco della grande Sfinge; vi giungeremo navigando lungo il Nilo e porteremo anche le altre tre ragazze».

Nef aveva registrato nella mente il discorso del capo. Ora ogni suo sforzo era concentrato su come lasciare un messaggio.

"Mio padre è in gamba" pensò "troverà certamente un modo per trovarmi, è importante che gli fornisca una traccia".

La testa le doleva per il colpo subito.

"La prima cosa da fare è liberarmi le mani" pensò; faceva buio nella stanza disadorna, ma la luna era piena e, attraverso una piccola apertura quadrata, filtrava una debole luce.

Gli occhi, abituatisi all'oscurità, cercarono qualcosa di utile. Ecco, sulla parete, poco sopra il livello del pavimento, una sporgenza appuntita. Nef vi sfregò contro la corda che legava le mani. Fu un lavoro lungo e doloroso, ma infine riuscì a sfilacciare la corda fino a quando, con un ultimo sforzo, la ruppe.

"Ora" pensò dopo essersi massaggiata i polsi doloranti e indolenziti "devo trovare il modo di lasciare un messaggio".

Non le fu difficile recuperare un ciotolo di pietra sul pavimento di terra cruda. La parete era di mattoni cotti al sole ricoperti da una malta bianca non troppo resistente.

Nef vi tracciò il volto della Sfinge e vicino le piramidi: "Così capiranno che sono vicino alla Sfinge. Devo illustrare un passaggio segreto, una sorta di cunicolo", pensò e scolpì sulla malta una specie di buco appena sulla destra della Sfinge.

Il lavoro era faticoso e il caldo afoso della notte egiziana lo rendeva ancora più arduo. Nef, madida di sudore, si riposò qualche minuto cercando di cogliere il debole filo d'aria proveniente dal Nilo che, attraverso la piccola finestra, rinfrescava la buia stanza. Riacquistate le forze, tracciò sul muro una freccia rivolta verso il basso per indicare che si doveva cercare sotto il fianco dell'imponente statua. Alla tenue luce della luna Nef osservò soddisfatta il suo lavoro.

"Voglio anche comunicare a mio padre in che modo raggiungeremo quel luogo lontano" pensò. Disegnò, per indicare il Nilo, un lungo serpente, con la sagoma di una barca.

Spossata per la fatica, lanciò un ultimo sguardo alla sua opera e si sdraiò sul pavimento.

Le emozioni erano state tali che ben presto sentì le palpebre pesanti. Riuscì a dormire poche ore e si svegliò con le ossa ammaccate.

Subito pensò al modo per non farsi scoprire; incrociò le mani dietro la schiena e con le dita riuscì a riavvolgere attorno ai polsi le corde, tenedo i due capi stretti nei pugni. Quando i due briganti vennero a prenderla era già accanto alla porta ed uscì rapidamente in modo che essi non guardassero dentro la stanza.

Fu talmente docile che il capo esclamò:«Così mi piaci ragazza, obbediente agli ordini!»

Lei gli rispose con un accenno di sorriso e si avviò quasi a fargli fretta.

Capitolo Sesto

Alla ricerca di Nef

Hor, Isi, Tari e Hanoi raggiunsero la loro casa, al villaggio, in tutta fretta. Quando la videro in lontananza, senza una torcia accesa, capirono che a Nef era accaduto qualcosa.

Entrarono, ma non trovarono alcuna traccia della ragazza. La mamma Isi lasciò sfuggire un gemito e svenne, sostenuta appena in tempo dal padre. Tari cominciò a piangere: «Mamma, svegliati, mamma svegliati!».

Hanoi, mentre il padre faceva rinvenire Isi con degli spruzzi d'acqua, esclamò: «La bottega dell'orefice! Là abbiamo perso le tracce di Nef, là dobbiamo cercare!»

Fortunatamente la mamma Isi rinvenne quasi subito e cominciò a singhiozzare.

Hor la consolò: «Non dobbiamo temere per la sua vita. Sicuramente è stata rapita. Questi briganti ci tengono alla salute delle loro vittime, perchè vogliono guadagnare del denaro. Ci chiederanno un riscatto.

Speriamo piuttosto che non la vendano come schiava...
Dovremo agire molto in fretta, non abbiamo tempo da
perdere».

In queste occasioni emergeva in Hor la tempra del
guerriero e dell'uomo di comando.

«Partiamo subito, cominceremo le ricerche dalla
bottega di Ippopotò. Andremo io e Hanoi. Tu rimarrai
con Tari... e non piangere o si spaventerà» concluse
rivolto alla moglie Isi e facendole una ruvida carezza.

Isi asciugò le lacrime e rimase con Tari che, malgrado le emozioni cadeva dal sonno; padre e figlio
raggiunsero velocemente la piccola barca di giunchi
e remarono con forza, contro corrente, verso Tebe. Vi
giunsero a notte fonda.

Raggiunta la bottega, Hor batté con forza sulla
porta di legno ben sbarrata dall'interno mentre Hanoi
gridava: «Aprite, presto, è urgente».

Si sentì un tramestio, alcune voci poi, dalla stretta
finestra quadrata, si affacciò la testa di Ippopotò che,
col suo vocione cavernoso, esclamò: «Chi è? Cosa
volete a quest'ora?»

Subito, dalla finestra laterale, si affacciò Anù che
dormiva nella stanza accanto a quella del padrone.

«Sono il padre di Nef» tuonò Hor «hanno rapito
nostra figlia, scendete subito, abbiamo bisogno del
vostro aiuto!»

«Ma... a quest'ora... potreste..».

«Ho detto SUBITO!» gridò Hor.

La sua voce non ammetteva repliche.

I due scesero a perdifiato le scale. Ippopotò aprì la porta e quando scorse da vicino il volto di Hor capì che doveva solo obbedire.

Hor raccontò con la voce rotta dall'emozione quanto era accaduto e la sua preoccupazione per il destino della figlia.

Alla luce fioca della torcia videro Anù impallidire e si accorsero che si afferrava allo stipite della porta per sorreggersi.

Il giovane, con rabbia, esclamò:«Furfanti! Se la sono presa con quella povera ragazza! Ma l'avranno a che fare con me!»

Le parole minacciose contrastavano con la sua espressione mite.

«Quali furfanti? Allora li conosci?» proruppe Hor afferrando le braccia del ragazzo con le sue mani dure come il granito.

«No, non li conosco» rispose Anù ritraendosi, «ma la nostra bottega è situata al centro di Tebe e vi passa un mucchio di gente. Ho così sentito che è giunta da Menfi una banda di farabutti che rapisce le ragazze più giovani e belle per venderle poi, come schiave, a ricchi nobili e principi fenici o persiani».

«Li acciufferò, a costo di seguirli attraverso tutto il mondo e poi...» disse Hor e strinse il pugno in un modo che non lasciava dubbi sulle sue intenzioni, mentre gli occhi brillavano di una collera terribile.

«Cerchiamo di ragionare con calma» intervenne Ippopotò che fino ad allora aveva ascoltato in silenzio «anch'io ho sentito parlare di questa banda di mascalzoni e... sapete, ho tante conoscenze, con un po' di oro credo di poter spremere qualche informazione preziosa.

Dobbiamo trovare la ragazza prima che i rapitori la portino lontano. Inutile cercare a caso. Adesso tornatevene a casa, raccoglierò informazioni e manderò Anù a riferirvi. Andate tranquilli, vostra figlia non corre pericolo di vita; ci tengono alla salute delle loro prigioniere, quei delinquenti, le trattano bene, così si presentano più belle alla vendita».

Hanoi, che fino ad allora se n'era rimasto silenzioso, pensò bene che fosse giunto il momento di farsi sentire:«Appena catturati li appenderò con i piedi ad un albero a pelo d'acqua sul Nilo e lancerò pezzetti di carne intorno a loro per richiamare i coccodrilli» gridò con la voce roca, che non era più di bambino e non ancora di uomo.

Convinti dal saggio discorso di Ippopotò, Hor e Hanoi se ne tornarono con la barca lungo il fiume. Hor notò che la corrente era più forte di quando avevano effettuato il percorso inverso. Gli sembrò di sentire, in direzione del mezzogiorno, brontolii e rumori lontani.

Ma i pensieri che tormentavano la sua mente erano troppo cupi per badare a queste cose!

Capitolo Settimo

La grande piena

La mattina seguente, agli abitanti del villaggio si presentò uno spettacolo grandioso: l'acqua del Nilo scendeva veloce ed impetuosa, ribollendo e trasportando rami d'albero, tronchi, materiale strappato alle rive. A differenza degli anni precedenti, in cui il livello del Nilo si alzava lentamente per giorni e giorni, quest'anno la piena era rapida e tumultuosa. Sembrava il segno che gli dèi avevano accettato le suppliche degli uomini. La gente, sulla soglia delle casupole, contemplava affascinata e incantata. Finalmente il Dio Nilo si era risvegliato e stava per benedire l'Egitto con la sua inondazione.

Tutti guardavano a mezzogiorno: lontano si sentiva un suono cupo. Anche Tari era uscita per guardare quello spettacolo.

«Mamma, da dove proviene tutta quell'acqua, se non si è vista una goccia di pioggia?» chiese rivolgendosi alla madre che le era vicina distrutta dal dolore.

Isi le rispose:«Vedi, il Dio Nilo nasce dalle sacre montagne nelle lontane terre del mezzogiorno! Lì piove molto e l'acqua scorre sui fianchi dei monti giù giù, fino al Nilo. In questa stagione le nubi sono colme d'acqua e, instancabili, la rovesciano sulla terra».

«E il Nilo la porta fino a noi?»

«Certo! Il Nilo è come una grande strada, raccoglie l'acqua dalle lontane cime del mezzogiorno e la trasporta a noi abitanti dell'Egitto. Tu sai che senza acqua non si vive, così noi non vivremmo senza il Nilo».

«Mi piace il Nilo» esclamò Tari «deve essere fratello di Horus!»

Quel giorno non giunse alcun messaggio; su tutta la famiglia regnava un'atmosfera cupa, in contrasto con l'allegria che traspariva dagli altri abitanti del villaggio.

Tutti sapevano del rapimento di Nef e ne erano dispiaciuti, però l'acqua del Nilo che scendeva abbondante a benedire le terre d'Egitto era un avvenimento troppo importante per non renderli allegri.

La gente si era riunita sul limite basso del villaggio, in attesa del magico momento in cui le acque sarebbero uscite dagli argini.

E questo avvenne il giorno dopo, verso mezzogiorno. Ormai il fiume spaventava per la quantità di acqua che riempiva il suo letto e che scorreva tumultuosa con un sordo muggito.

Ecco, il prezioso liquido raggiunse il livello superiore dell'argine e straripò, invadendo le campagne circostanti.

Un urlo di gioia uscì dalle gole di tutti gli abitanti del villaggio che si liberavano così dalla paura della carestia e della fame.

Anche quest'anno il Dio Nilo, salvatore e vita dell'Egitto, aveva assolto il suo compito. L'acqua invadeva i campi; la terra arida, dapprima friggeva assorbendola ingordamente, poi diventava scura e sembrava gioire sotto l'abbraccio umido.

Per tutto il giorno e la notte successiva il livello dell'acqua continuò ad alzarsi; la gente del villaggio era rimasta in piedi, con le torce in mano, a seguire l'andamento di quel fenomeno tanto atteso; ora il liquido fluiva più lentamente, segno che la fase tumultuosa della piena era cessata.

Chi chiacchierava, chi rideva, chi innalzava preghiere di ringraziamento al Dio Nilo, ad Osiride, Iside, Horus......

L'alba si levò ammantando di un bianco delicato quel paesaggio innaturale e mettendo in fuga le ultime ombre della notte.

Agli occhi di tutti apparve uno spettacolo indescrivibile: il Nilo aveva invaso tutta la vallata che si era trasformata in un immenso e lungo lago. La massa liquida fremeva, appena scossa dalla nuova acqua che giungeva dalle montagne del mezzogiorno. Gli aironi volteggiavano, come sorpresi, su questo nuovo paesaggio, in cui i canneti delle rive erano scomparsi, sommersi.

Stormi di anatre sorvolavano il fiume strepitando con i loro versi stonati mentre le rondini si inseguivano sfiorando col petto l'acqua.

Gli ippopotami, che nuotavano a gruppi, sembravano spaesati, mentre i coccodrilli scivolavano dalle rive alla ricerca di qualche preda distratta.

Ad un tratto si scorse una minuscola barca che

scendeva da Tebe, guidata da un giovane snello che indossava un gonnellino bianco.

Poco a poco la barca ingrandì finché, quando fu vicina al villaggio, Hanoi vi riconobbe Anù, il garzone-artista del negozio di Tebe.

«Papà, papà, c'è Anù», cominciò ad urlare il ragazzo correndo incontro alla barca.

Appena Anù approdò, fu assalito da mille domande: «Hai notizie di Nef? Sai chi sono i briganti? Sai dov'è il loro nascondiglio?...».

Dopo aver rifiatato, Anù cominciò a raccontare. Lui e il

suo padrone avevano fatto delle ricerche tra la gente più malfamata della città e, offrendo dell'oro, erano riusciti ad ottenere notizie preziose: due contadini, marito e moglie, venuti alla processione, avevano notato delle persone che trascinavano via una bella ragazza che sembrava svenuta.

Il loro figlio, un ragazzo curioso, aveva seguito il gruppetto di nascosto, e lo aveva visto raggiungere una vecchia casa isolata, vicino al fiume. Quel ragazzaccio aveva richiesto una notevole quantità d'oro per svelare il suo segreto e indicare la casa.

«Dì al tuo padrone che sarà rimborsato» disse Hor «ora rechiamoci subito a quell'abitazione, chissà che non ci siano delle tracce».

«Giusto» aggiunse Anù «bisogna raggiungere rapidamente i furfanti prima che possano vendere Nef».

A queste parole Isi, che aveva seguito attentamente il dialogo, scoppiò a piangere:«La mia Nef in mano ai briganti... venduta come schiava!... che Iside la protegga! Vi prego, trovatela presto!»

Per tutta risposta Hor si era già cinto ai fianchi la cintura e vi aveva appeso due pugnali e la terribile spada. Quindi afferrò l' infallibile arco, e la faretra ricolma di frecce.

Anche Hanoi si armò con due pugnali mentre Anù si giustificava:«Io non so usare le armi, le mie mani sanno creare opere che rendano onore agli Dèi... e agli uomini».

Hor gli lanciò un'occhiata di disapprovazione.

I tre risalirono velocemente il Nilo fino a Tebe e, attraverso vicoli e vicoletti, guidati da Anù che conosceva il luogo, giunsero in vicinanza del rifugio. Strisciando sul terreno, scorsero, seminascosta tra le dune di sabbia, una vecchia casa con le malte scrostate. Solo le porte davano la sensazione di essere robuste ed in buono stato, come quelle di una prigione.

Si avvicinarono lentamente, le armi in pugno; giunti all'ingresso si resero conto che l'abitazione era abbandonata.

Con l'istinto del guerriero, Hor comandò di stare indietro per osservare le tracce intorno. Scorse impronte di sandali di quattro persone; tre avevano la stessa misura, la quarta invece era più piccola.

«Nef» esclamò con voce commossa «almeno sappiamo che è viva e che cammina con le proprie gambe».

Entrarono nella casupola. La prima stanza mostrava tracce confuse; su un angolo era abbandonato un tappeto logoro, ma grande abbastanza per potervi avvolgere una persona.

Nella seconda, più piccola e umida, Hanoi scoprì i segni sulla parete:«Qui, qui, venite, sembra un messaggio per noi!»

«Questo è il fiume Nilo e questa è una barca che vi naviga sopra» interpretò Anù; la trasporteranno lungo il Nilo con una barca».

«Sì, ma dove?» interrogò Hanoi.

Tutti osservarono a lungo quei segni cercando nella memoria qualcosa che li aiutasse a decifrarli. Ormai si erano rassegnati a rinunciare a capirne di più quando...

«Questo viso, questo viso lo conosco» esclamò Hor «appartiene alla grande Sfinge che sorveglia le Sacre Piramidi, le tombe dove dormono Cheope e Chefren, antichi Faraoni d'Egitto».

«Questa freccia verso il basso sembra indicare che il rifugio sta sotto terra» disse Hanoi, «e questo segno potrebbe indicare un passaggio seminascosto».

«Brava Nef» esclamò Hor, anche se non ti è stato insegnato a scrivere ci hai lasciato un messaggio chiaro!»

«Questo modo di disegnare somiglia molto alla scrittura egizia» soggiunse Anù «I nostri scribi scrivono proprio così, ponendo un disegno vicino all'altro».

«E tu come fai a saperlo?» chiese Hanoi.

«Io ho imparato perchè mio padre è uno scriba; è un contabile del tempio del Faraone».

«Allora è un personaggio importante» esclamò Hor...

«Egli fa parte di un gruppo di scribi che registra le tasse versate dai cittadini e controlla che ciò avvenga con giustizia; voleva che intraprendessi il suo stesso lavoro, ma a me non piaceva; io voglio che le mie mani, che Osiride ha fatto abili e sensibili, riescano a trasformare in oggetti le fantasie che passano attraverso la mia mente!»

«Diamoci da fare» disse Hor sbrigativo «dobbiamo inseguire i briganti».

Passarono dalla bottega di Ippopotò che fu ben felice di permettere ad Anù di unirsi a Hor e Hanoi. Quell'uomo peloso aveva dimostrato di avere un cuore molto più grande di quanto non sembrasse a prima vista.

I tre risalirono sulla barchetta e discesero il Nilo seguendo la corrente. Giunti al villaggio in cui abitava la famiglia di Hor fecero una breve tappa per avvertire Isi e per rifornirsi di cibo.

Isi raccolse tutte le pagnotte di pane che aveva (lo preparava una volta la settimana) e poi chiese ai vicini di completare la scorta. Aggiunse una cesta contenente parecchi pezzi di carne di bue seccata. Hor le faceva fretta dicendo che non c'era bisogno di tanto cibo; avevano a disposizione tutti i pesci e le anatre del Nilo, e per abili cacciatori e pescatori come loro, non vi erano certo problemi.

I preparativi per la partenza erano quasi terminati quando nel villaggio si diffuse un'insolita agitazione;

molte braccia si levarono ad indicare il Nilo, in direzione di Tebe.

Ed infatti fu di lì che giunse, silenziosa come l'ombra della morte, inaspettata, solenne, spinta da due lunghe file di remi, la nave da guerra dell'esercito imperiale egizio.

Era una magnifica nave costruita con il forte legno di cedro che gli Egizi compravano nel lontano Libano. Gli Egizi odiavano gli abitanti di quelle lontane terre, i Fenici, li consideravano crudeli e sanguinosi. Ma li invidiavano per le ombrose foreste formate da quegli alberi maestosi che essi erano costretti ad acquistare per costruire le loro navi.

Con un'abile manovra l'imbarcazione toccò riva e ne discesero numerosi guerrieri che si sparpagliarono a tre a tre per il villaggio.

Uno di questi si diresse con decisione verso la casa di Hor.

«Salute a te, prode Hor» esclamò quello dei tre che sembrava più importante «il Dio Osiride benedica te e tutta la tua famiglia, ti portiamo il saluto e gli ordini del Faraone».

«Ti ringrazio, grande ufficiale della guardia imperiale» rispose Hor, «cosa ti spinge a visitare l'umile casa di questo fedele servo del grande Faraone?».

«I guerrieri che difendono i confini dell'Egitto sono stati dilaniati da un terribile nemico che colpisce con la velocità del fulmine, senza lasciare possibilità di scampo.

Alcuni soldati, miracolosamente sfuggiti alla morte, hanno raccontato che dalle terre in cui nasce il sole giungono guerrieri che combattono in modo sconosciuto. Appartengono al popolo degli Hyxsos e mettono a ferro e fuoco le frontiere egizie. Il Faraone sta preparando la più imponente spedizione militare che sia mai stata organizzata e ha bisogno di tutti i suoi soldati».

«Ma una grave calamità ha colpito la mia famiglia... mia figlia...» accennò Hor.

«Tu sai che niente al mondo è importante come la salvezza dell'Egitto!» replicò l'ufficiale. «Il faraone mi ha ordinato di condurti subito da lui. Ricorda che per i disertori esiste una sola pena: la morte. Ti aspetto nella mia nave, fai in fretta, il faraone non ha pazienza!»

Così dicendo si girò e si diresse verso la nave ancorata sulla sponda del Nilo sulla quale stavano già salendo numerosi uomini del villaggio.

Appena l'ufficiale se ne fu andato, la disperazione avvolse la famiglia: Isi abbracciò con forza il marito e non sapeva se era più addolorata per la sua partenza o per il destino di Nef.

La piccola Tari, vedendo tutta quella tristezza nei volti dei famigliari, piangeva senza saper esattamente il perchè.

Hanoi salutò il padre stringendogli ambedue le braccia ed esclamò con voce sicura: «Stai attento alla tua vita, padre, e non preoccuparti, penserò io a mia madre e a Tari, e provvederò anche a salvare Nef».

Il volto di Hor, scuro per il dolore, si illuminò in un bagliore d'orgoglio alle parole del figlio. Strinse forte a sè Isi e Tari, quindi partì con passo rapido senza più girarsi per non vedere il volto della moglie, scolpito dalla sofferenza.

Il buio scese quasi improvviso sul dolore di quella famiglia colpita da tante sventure.

Isi stese una stuoia vicino al lettino di Hanoi in modo che Anù potesse coricarsi.

Era piena notte quando un rumore leggero interruppe il silenzio. Hanoi scese dal suo lettino, scosse leggermente Anù e gli sussurrò: «Non far rumore, mia madre Isi ha pianto tanto ma finalmente si è addormentata nella camera con Tari. Ho deciso che ci penseremo io e te a salvare Nef, ma non posso dirlo a mia madre perché non mi permetterebbe di partire».

«Quando si sveglierà si dispererà!» replicò Anù.

«Ho preparato tutto: ecco un foglio di papiro che

tenevo tra i miei oggetti preziosi, uno stilo e l'inchiostro; scrivi un messaggio per mia madre: scrivi che siamo partiti per liberare Nef, che non correremo pericoli e che torneremo presto… e che non si preoccupi».

Anù tracciò alcuni segni.

«Tua madre sa leggere?» chiese Anù.

«Andrà dallo scriba del villaggio» rispose Hanoi.

Raccolte alcune provviste e armi, i due saltarono sulla barchetta con cui Anù era giunto al villaggio e si lasciarono trasportare dalla corrente del Nilo.

Capitolo Ottavo

Attacco a sorpresa

Mentre i due ragazzi lasciavano il villaggio, molti chilometri più a nord, in una navicella adatta a piccoli trasporti, viaggiavano Nef e due dei briganti che l'avevano rapita.

Seguivano la corrente, diretti verso il mare.

La compagnia era però aumentata perché i banditi avevano caricato, da una casupola sulle rive del fiume, altre tre ragazze insieme ad un loro compare che le sorvegliava.

Le giovani avevano le mani legate dietro la schiena e indossavano un semplice grembiule di lino bianco.

Erano belle, ma non come Nef. Una delle tre si faceva notare per il corpo flessuoso e forte che esprimeva agilità e rapidità.

Il suo viso comunicava un'espressione intensa e decisa, appena addolcita da un piccolo neo sopra il labbro superiore.

Lo sguardo scuro mandava lampi di ribellione e di

odio nei confronti dei furfanti che per catturarla avevano dovuto subire non pochi morsi e graffi e per questo l'avevano soprannominata "Pantera".

Salendo sulla nave il suo sguardo aveva incontrato quello di Nef e tra le due giovani era subito scattata un'intesa: appena si fosse offerta un'occasione...!

Le altre due ragazze erano sorelle; sconvolte dal dolore e dalla paura piangevano continuamente.

Pantera si accoccolò vicino a Nef la quale teneva le mani, che trattenevano i capi della corda, sempre ben riparate dietro la schiena.

Il capo dei banditi le apostrofò:«Non fatevi venire delle cattive idee; anche se siamo solo in tre possediamo coltelli affilati che usiamo senza scrupolo».

Poi si avvicinò a Pantera e, appoggiatale la punta del coltello sotto il mento, la obbligò ad alzare la testa.

Lei lo fissò negli occhi con uno sguardo di sfida. Il bandito la scrutò poi mormorò con rabbia:«Al primo scherzo... zac...» e con un gesto inequivocabile fece intendere le sue intenzioni.

Dopo un po' i banditi si rilassarono e cominciarono a chiacchierare tra loro sorvegliando con minore attenzione le prigioniere che stavano tranquille sull'altro lato della barca.

Nef si accostò a Pantera e le sussurrò:«Io ho le mani

libere, tu fai finta di niente, gira le tue verso di me...
cercherò di sciogliere i nodi».

«Se ci scopriranno ci ammazzeranno» bisbigliò l'altra, ma per far capire che la cosa non la spaventava, si torse leggermente avvicinando le mani a quelle di Nef. «Non lo faranno in nessun caso!» sussurrò Nef, «Siamo troppo preziose; i banditi contano di ricavare dalla nostra vendita un vero tesoro; piuttosto che farci del male si ammazzerebbero tra loro».

Nef cominciò a lavorare di unghie e poco a poco, malgrado fossero ben stretti, sentì i nodi allentarsi. Di tanto in tanto si fermava per controllare i guardiani che chiacchieravano e bevevano frequentemente della birra spillandola da un otre. Le loro voci, sempre più alterate, facevano capire che ormai erano un po' ubriachi.

Dopo un lungo lavoro le mani di Pantera furono libere. «Ora bisogna liberare le nostre compagne» mormorò Nef «tu pensa a quella vicina a te, io mi sposterò dall'altra parte e libererò sua sorella».

Senza attendere risposta si alzò, con le mani ben nascoste dietro la schiena e, indirizzatasi verso il capo, gli disse:«Ho i muscoli intorpiditi, posso muovermi un po'?»

Accompagnò la richiesta con un sorriso talmente disarmante che costui acconsentì mormorando:«Ti avevo giudicata male, vedo che sai essere gentile...

quando non graffi».

Dopo esser rimasta in piedi qualche minuto ed aver mosso qualche passo, sempre con le mani nascoste alla vista dei briganti, Nef si accoccolò dalla parte della ragazza ancora legata.

I banditi non si accorsero della manovra.

Dopo mezz'ora anche le altre due ragazze avevano le mani libere.

«Ora» disse Nef che poteva parlare quasi liberamente perchè i briganti erano intenti a bere e chiacchierare «bisogna fare un piano di battaglia». Parlarono a lungo, sbirciando di tanto in tanto i banditi che oramai sembravano non interessarsi più a loro.

Il sole stava tramontando, illuminando le scaglie dei coccodrilli che inseguivano l'imbarcazione, attirati dai resti che i tre marinai, sempre più ubriachi, gettavano in acqua.

Il capo dei banditi si avvicinò alle quattro ragazze e disse:«È ora di mangiare, vi nutrirò per bene, dovete essere in forma quando vi metterò in vendita. Ma non sperate che vi sleghi tutte in una volta; eh no, sareste capaci di saltarci alla gola, e conosco già le vostre unghie delicate! Vi libererò due per volta e vi lascerò per un po' con i polsi liberi così non vi rovinerete le braccia. Dai tu, porgi le mani!»

Così dicendo si avvicinò a Pantera la quale si girò

verso di lui favorendo l'azione di Nef che scattò con agilità e assestò una spinta violenta al bandito gettandolo verso il fiume.

Costui perse l'equilibro, incespicò sul fondo della barca e roteò le braccia nel vano tentativo di riequilibrarsi.

Però la fortuna non era dalla parte delle ragazze. Il bandito, prima di cadere fuori dalla barca, riuscì ad afferrare le vesti di Pantera e la trascinò con sè nel fiume.

Iniziò una lotta furibonda tra il ribollire dell'acqua intorno. Il bandito era forte, ma non sapeva nuotare.

Pantera invece era una ragazza destinata ai giochi in favore di Iside; di nobile nascita, era stata scelta come sacerdotessa e aveva dedicato la vita alla ginnastica, alla danza, al nuoto, a ciò che dava grazia e armonia al corpo.

Si divincolò come un'anguilla sottraendosi alla presa del furfante, poi cominciò a nuotare con la velocità di un delfino in direzione della piccola nave mentre l'uomo, impacciato, riusciva appena a stare a galla.

Richiamati dal tramestio, alcuni coccodrilli si stavano dirigendo verso il luogo della lotta. Il bandito, raggiunto alle gambe dal terribile morso di uno di essi, lanciò un urlo disumano e fu trascinato sott'acqua.

I coccodrilli si azzuffarono per spartirsi quel dono insperato. Solo uno si pose sulla scia di Pantera.

Intanto, sulla barca, era scoppiato il finimondo. La mancanza di Pantera aveva squilibrato la lotta a favore dei banditi. Uno di essi, con due colpi ben assestati con il suo attrezzo di legno, aveva messo a dormire le due ragazze piagnucolose che avevano offerto ben poca resistenza.

Nef si era trovata a fronteggiare da sola i due banditi. Balzò addosso al capo e gli piantò le unghie sulle braccia scalciando con tutte le sue forze. Questi stava imprecando per il dolore quando il suo collega la colpì alla nuca col corto bastone. Un'ombra buia scese sugli occhi di Nef che si sentì sprofondare nel silenzio.

Solo allora i due banditi si accorsero dell'allucinante scena che si svolgeva nel fiume; videro le acque ribollire e arrossarsi di sangue nel luogo in cui il coccodrillo aveva raggiunto il loro compare e scorsero Pantera che nuotava disperatamente verso la navicella seguita da un rettile.

«Presto, presto» urlò il colpitore «quella vale tanto oro quanto pesa, presto, salviamola!»

E così dicendo girò il timone puntando la prua verso la ragazza.

Malgrado Pantera nuotasse velocemente il coccodrillo guadagnava spazio; ancora poco e l'avrebbe raggiunta.

Il "colpitore", ebbe un'idea genial: lanciò verso di lui

un'anatra arrostita, destinata alla cena delle ragazze, distraendolo per pochi istanti.

Intanto il suo compare eseguì un'abile manovra in modo che la navicella presentasse la fiancata a Pantera. Questa nuotava con una lena disperata ma ormai il rettile stava per raggiungerla.

La povera ragazza si girò e vide le fauci spalancate vicinissime. Ad ogni istante le sembrava di sentire i denti che le straziavano le gambe.

Si afferrò al bordo dell'imbarcazione. Il suo sguardo esprimeva un terrore disperato. I due banditi l'afferrarono per le braccia.

Il coccodrillo spalancò ancor di più le fauci voraci; due file di denti acuminati si protesero verso la giovane...

Con un prodigio di forza e di agilità, Pantera effettuò uno scatto di reni e, aiutata dai banditi, volò oltre la sponda.

Il coccodrillo, trascinato dallo slancio, con un CRAC secco addentò il bordo della navicella.

I suoi denti aguzzi si piantarono profondamente nel legno.

Il rettile cominciò a dimenare la testa ma i denti non si sfilavano. C'era il pericolo che rovesciasse l'imbarcazione. Allora il colpitore afferrò un remo che stava sul fondo e con un colpo tremendo colpì il coccodrillo sulla testa. Questi con un ultimo scatto riuscì a staccarsi dall'imbarcazione, ma ben cinque denti rimasero infissi nelle tavole.

«Ora vai dal dentista pappamolla» gli urlò il bandito.

L'avrà fatto di proposito? Con un colpo di coda il coccodrillo alzò un'onda d'acqua che inzuppò il bandito da capo a piedi; poi si girò a guardarlo con la bocca spalancata, sembrava ridesse di lui.

Pantera era scivolata sul fondo della barca completamente esausta.

Capitolo Nono

La Sfinge

La navicella, con a bordo i due furfanti e le quattro schiave, veleggiava da alcuni giorni trascinata dalla corrente del Nilo.

Dopo la terribile avventura i due briganti si guardarono bene dal bere dell'altra birra; di tanto in tanto uno dei due si assicurava che i legami delle ragazze fossero ben solidi.

Una di loro, a turno, veniva slegata, perchè il sangue circolasse nei polsi, e fatta camminare sul ponte della piccola nave. I banditi ci tenevano che giungessero in buone condizioni fisiche all'appuntamento col principe fenicio.

I rapitori avevano inoltre rizzato alcuni pali sulla barca e vi avevano steso delle tende in modo da proteggere le giovani dal sole.

Il livello delle acque era calato ed il fiume era rientrato nel suo letto naturale. Sulle campagne tutto intorno l'acqua aveva depositato una fanghiglia scura, ricca di sostanze nutritive, che gli Egizi chiamavano "limo'". Era una vera provvidenza per i contadini, perchè rendeva la terra fertile e la predisponeva a prodigiosi raccolti.

La barca passò vicino ad un villaggio; la gente era sparsa nei campi, indaffarata. Controllati dai geometri e dagli scribi del faraone, alcuni gruppi di persone stavano misurando, per segnare i nuovi confini con dei picchetti, perchè quelli vecchi erano stati cancellati dalla fanghiglia deposta dal Nilo.

Geometri e scribi, con le grandi mappe segnate sul papiro, controllavano le misure e stabilivano anche quante tasse avrebbero dovute essere versate per ogni campo. Queste erano pagate, in prodotti agricoli, in proporzione alla grandezza degli appezzamenti.

I contadini, che non sapevano leggere, do-vevano fidarsi delle misurazioni effettuate dai geometri e dagli scribi. Per questo erano generosi con loro ed offrivano birra, pane, grano, frutta e selvaggina.

Se un contadino era malvisto da uno scriba, il suo campo diventava ogni anno un po' più piccolo, mentre si ingrandiva quello del vicino.

Dove le misurazioni erano già state effettuate la gente cominciava ad arare il terreno con gli aratri di legno. Doveva farlo subito, finché la terra era abbastanza umida, prima che il sole torrido la seccasse, altrimenti non sarebbero più riusciti a scalfirla.

Dietro l'aratro alcune donne, con delle ceste colme di grano, spargevano le sementi sulle zolle da poco smosse, in modo che si mescolassero al terreno ancora umido.

Appena il campo era stato seminato, tutto il bestiame disponibile, soprattutto pecore e capre, veniva fatto passare più volte sulla terra morbida. Così le sementi affondavano e non vi era il pericolo che gli uccelli le mangiassero o che, rimaste in superficie, venissero seccate dal sole ardente dell'Egitto.

In questo modo, che si ripeteva sempre uguale da centinaia di anni, avveniva la grande cerimonia della semina.

Queste scene di vita quotidiana della terra egizia passavano sotto gli occhi delle quattro ragazze e dei due briganti che, per alcuni giorni, discesero la corrente pigra del Nilo.

Dopo il vano tentativo di fuga, nelle prigioniere sembrava spento qualsiasi desiderio di lotta e, rassegnate, si avviavano verso il loro triste destino.

Il manganello, usato con maestria, non aveva lasciato tracce nelle tre ragazze che se l'erano cavata con un forte mal di testa.

Invece la micidiale lotta col furfante e la spaventosa gara col coccodrillo, sembravano aver domato Pantera che non aveva più cercato di ribellarsi.

Le quattro giovani avevano perso ogni nozione del tempo, quando il capo dei banditi, con un'abile manovra, guidò la navicella in uno stretto braccio di fiume che si incavava tra le alte canne, nascondendola.

La legò ad un albero che si protendeva sulle acque e tutti scesero a terra.

Un odore di marcio si diffondeva tutto intorno. La zona era paludosa, infestata da uccelli di tutti i tipi e, quel che era peggio, da serpenti velenosi il cui morso avrebbe provocato la morte certa dello sfortunato che l'avesse ricevuto.

Il capo raccomandò a tutti di seguire con cura i suoi passi perché il terreno paludoso poteva inghiottire una persona.

Proseguirono con difficoltà finchè il suolo si fece solido sotto i loro piedi.

Ora il fango e la terra umida avevano lasciato il posto ad un paesaggio pietroso, coperto dalla sottile sabbia del deserto che si infilava in ogni luogo. Un sole incandescente la incendiava rendendo faticoso ogni passo e provocando un'intensa sudorazione nei sei. Fortunatamente i banditi avevano portato due otri d'acqua e facevano bere abbondantemente le ragazze.

E finalmente eccola! Apparve, appena aggirata una duna di sabbia, come un miracolo di Osiride davanti agli occhi annebbiati dalla fatica delle ragazze.

Era la maestosa, misteriosa, affascinante Sfinge. L'immenso monumento raffigurava il volto dell'antico faraone che aveva voluto l'opera ed aveva il corpo di un leone accovacciato, con le zampe protese in avanti. Dietro il colosso di pietra si stagliavano, altere, alcune piramidi grandi, ed altre più piccole. Erano le tombe che i Faraoni Cheope, il figlio Chefren ed altri meno famosi si erano fatti costruire molti anni prima a protezione dei loro corpi dopo la morte.

Nef notò che Pantera si prostrava al suolo e mormorava una preghiera in onore di Cheope e Chefren; le si avvicinò e le chiese: «Come mai conosci così bene le vicende degli antichi Faraoni?»

«Io sono stata preparata a servire gli Dèi» rispose Pantera, «e accanto all'educazione del corpo ho ricevuto un'istruzione da parte degli scribi che mi hanno insegnato le antiche leggi, le preghiere e la storia dell'Egitto».

Nef era sempre più meravigliata per le qualità di quella che ormai considerava un'amica; soprattutto era felice perché si accorgeva che stava recuperando la sua forza e volontà.

«Stai tornando la Pantera che conoscevo» sussurrò Nef «mi dispiace che tra non molto saremo vendute e separate! Speriamo almeno di essere comprate dalla stessa persona!»

«Non preoccuparti, gli Dèi ci aiuteranno a salvarci» la tranquillizzò Pantera, facendo scorrere intorno uno sguardo tagliente.

Il capo dei briganti, accortosi di quel fitto dialogo, le apostrofò con prepotenza:«State zitte voi due! E pensate a camminare».

Intanto erano giunti vicini ad un mucchio di pietre; uno dei malviventi, con notevole sforzo, spostò alcune grosse rocce e si trovarono di fronte ad un cunicolo. Vi discesero con prudenza stando chinati e, dopo alcune svolte, giunsero ad una buia caverna: il capo dei briganti accese una torcia e una debole luce illuminò l'antro.

Lungo le pareti stavano dei giacigli formati da uno strato di paglia; vicino ad alcuni di essi erano stati infissi nella roccia dei cerchi di metallo a cui i banditi assicurarono saldamente le mani delle ragazze con solide catene.

«Qui sarete al sicuro, soprattutto voi due!» esclamò il capo guardando Nef e Pantera «Vi ho osservato e ho capito che tramavate per poter fuggire; voi siete la causa della morte del mio socio! Ma non mi importa di lui! Mi interessano solo i soldi che ricaverò dalla vostra vendita».

Pantera, infuriata, gli si rivolse con tono sprezzante:«Siete peggiore dei coccodrilli; almeno loro assalgono gli altri esseri per nutrirsi! Non avete amicizia, onore, niente! Solo la ricchezza vi interessa! Siete un essere spregevole!».

«Brutta serpe ingrata» esclamò il bandito «dovresti ringraziarmi, quel coccodrillo ti avrebbe azzannato se non gli avessi gettato del cibo per salvarti».

«Non voi mi avete salvata, ma la forza delle mie gambe e delle mie braccia; e saprei dimostrarvi che non vi temo se non foste così vigliacco da tenermi legata!» rimbeccò Pantera.

«Vigliacco a me!» urlò l'uomo. «Ora te la faccio pagare, è da quando mi hai piantato le unghie nei polsi che desidero farlo».

Alzò la mano nell'atto di colpire la ragazza che, anziché ritrarsi lo fronteggiò con aria di sfida.

Una voce profonda lo paralizzò: «Chi osa colpire una donna e per di più incatenata?».

Capitolo Decimo

Vendute!

Tutti si girarono verso l'imbocco della caverna da cui era giunta la voce; il bandito rimase come folgorato: era apparso un uomo alto, imponente, avvolto in un ampio mantello nero. La luce della torcia, che lo colpiva da dietro, ingigantiva sulla parete l'ombra che si confaceva con la potenza della voce.

Il personaggio avanzò al centro della caverna e le torce gli illuminarono il viso.

I lunghi capelli scuri gli scendevano fin sulle spalle ed erano coperti da un turbante come quelli usati dagli Assiri e dai Fenici.

Il suo viso era regolare e di una bellezza rara; sotto le ricche vesti decorate con fili d'oro si intuiva un corpo forte ed atletico. Ma ciò che colpiva erano gli occhi: neri come la notte più scura, mandavano lampi di luce.

Accanto a lui stava il brigante che era andato a cercarlo.

I due banditi si prostrarono in ginocchio salutando con rispetto: «Salute a voi, o nobile Salid, che le acque di tutti i mari siano sempre favorevoli alla vostra navigazione».

«Mostratemi le ragazze e non riempite la bocca di parole false, so bene che l'unica cosa a cui tenete sono le mie ricchezze!» ribatté lui, e così dicendo, si avvicinò al gruppo di ragazze e le guardò una per una.

Cominciò dalle due che si stringevano tra loro piangendo e disse:«Queste due le regalerò a mio cugino; è grasso e pensa sempre a mangiare, avrà bisogno di due cuoche!»

Poi si avvicinò a Pantera: i loro sguardi si incontrarono e, se quello di Salid era come un fulmine che divide il cielo, quello di Pantera era simile ad un raggio di luce in una grotta buia.

I due si sfidarono a lungo con gli occhi.

Poi il principe esclamò:«Se comprassi per me questa schiava mi troverei, un giorno o l'altro, un coltello piantato nella schiena; la donerò a mio fratello; a lui piace domare i ghepardi, saprà certamente come comportarsi anche con costei».

Infine si avvicinò a Nef il cui sguardo, calmo e sereno, esprimeva forza e sicurezza.

Si guardarono a lungo e nei loro occhi non vi era né odio né sfida, ma un senso di rispetto e... qualcosa che Nef non sapeva spiegarsi.

Il Principe Salid rimase per qualche minuto senza parole poi esclamò:«Chiedete ciò che volete, questa ragazza deve essere mia».

Fece un segno e, come per magia, avanzarono quattro suoi servitori, che trasportavano due casse: una era colma di oggetti d'oro, d'argento di bronzo; l'altra conteneva ricche vesti filate dalle mani delle donne fenicie e dipinte di rosso porpora. Solo i Fenici conoscevano quest'arte invidiata dagli altri popoli, e se la tramandavano di padre in figlio.

I quattro cominciarono a trattare con i banditi, mentre il principe guardava le ragazze, ma il suo sguardo si fermava inevitabilmente su Nef che, a sua volta, di tanto in tanto sbirciava quel bel giovane scossa da sentimenti confusi.

Era attratta dal suo fascino, ma nello stesso tempo veniva raggelata dalla luce crudele che partiva dai suoi occhi.

Le trattative durarono parecchio tempo finché il principe, con un gesto autoritario, fece capire che era tempo di andare.

Si accordarono rapidamente; i briganti se ne rimasero nella grotta a contemplare le merci avute in cambio e che li avevano resi ricchi, mentre la piccola carovana formata dal principe, dai suoi servi e dalle ragazze, si avviò verso il fiume Nilo dov'era ancorata la nave di Salid.

Quando vi giunsero Nef, Pantera e le compagne di

sventura rimasero impressionate: era una stupenda nave, solidissima, costruita con i maestosi cedri di cui è ricca la terra dei Fenici. Sul ponte tre marinai, aiutati dai servi di Salid, provvedevano a guidarla.

Furono fatte salire usando una piccola barca di papiro; il principe mostrò alle ragazze il luogo loro destinato: si trattava di uno spazio abbastanza ampio, coperto da una tenda, con alcuni lettini dove finalmente avrebbero potuto dormire comodamente, dopo tante notti passate con le ossa intorpidite.

Il sole era calato, lasciando un'ultima calda carezza di fuoco sulla superficie del fiume e sui coccodrilli che sembravano tronchi d'albero, indifferenti a quanto accadeva intorno.

Salid disse alle ragazze:«Ormai è notte, ci ancoreremo al centro del fiume e partiremo domani mattina all'alba. Non vi farò legare; una sentinella farà la guardia tutta la notte sul ponte ed in ogni caso» soggiunse con un sorriso sinistro «i miei guardiani sono lì». Così dicendo guardò i coccodrilli che fingevano di dormire ai lati del fiume.

Si avviò, quindi, verso la sua stanza, riccamente intarsiata e decorata con fili d'oro, e si coricò sui morbidi cuscini ricolmi di soffici piume di struzzo.

Nef, sfinita per le emozioni, si addormentò subito; dormì profondamente per alcune ore finché, esaurito l'impellente bisogno di riposo, il sonno si fece agitato: rivedeva nella mente i volti dei suoi genitori, della sorellina Tari, del fratello Hanoi.

Si stava rigirando agitata, quando un tocco leggero sulla spalla la svegliò di soprassalto.

Pantera era accanto a lei; i suoi occhi lanciavano bagliori al tenue chiarore della luna che filtrava tra le pareti di canne intrecciate e dalla tenda.

«Io scappo» sussurrò Pantera con un filo di voce «ma prima voglio salutarti; ti auguro tutto l'aiuto di Iside ed Osiride».

Così dicendo, abbracciò teneramente Nef appoggiandole la guancia sulla spalla. Nef sentì alcune gocce calde scenderle lungo il collo e, quando guardò negli occhi Pantera, vide che erano colmi di lacrime. Ma ella si ricompose subito, riacquistò la sua espressione decisa e la strinse sussurrando: «Sii felice».

Nef le bloccò le braccia: «Fermati, non puoi riuscirci, come farai col guardiano?»

Pantera trasse da sotto la veste il micidiale bastone con la testa arrotondata. «Vedi? Questo l'ho rubato al mio rapitore mentre trattava la mia vendita; saprò usarlo con efficacia!»

«Vengo con te!» esclamò Nef.

«No, non puoi farcela, solo io posso sfidare i coccodrilli del Nilo nel nuoto».

E con un sorriso dolce e deciso nello stesso tempo, si staccò dalle braccia dell'amica e scivolò fuori, silenziosa e furtiva come un'ombra.

Nef udì un colpo secco e il tonfo di un corpo che si afflosciava; poi sentì il rumore attutito di un corpo che si infilava silenzioso tra i flutti e un battito veloce e sommesso di mani e piedi nell'acqua.

Si alzò e fece per uscire dalla stanza. Inciampò sul corpo della guardia che era stesa a terra svenuta. Cadde trattenendo a stento un grido.

Si risollevò e rimase come pietrificata da ciò che si presentò ai suoi occhi.

Sulla riva del fiume la sagoma bianca di Pantera si stagliava netta sul terreno buio. La vedeva balzare agile e silenziosa come il felino di cui portava il nome, correndo verso la libertà.

Alcuni coccodrilli nuotavano tra la nave e la riva, delusi per la preda che era sfuggita loro. Poi Nef vide un'ombra minacciosa delinearsi al chiarore lunare.

Si girò e scorse sopra il parapetto di prua, quasi emerso dal buio della notte, il principe Salid che tendeva il suo arco a due curve.

Non ebbe il tempo di lanciare un grido di avvertimento che la freccia si staccò, percorse una lunga parabola, e andò a segno.

La bianca figura di Pantera si arrestò un attimo come

sorpresa, poi si piegò all'indietro e sembrò un airone cui si sia spezzata un'ala.

Cadde riversa sul terreno senza un gemito.

Nef rimase per un attimo come stordita, a guardare il principe rivolto verso il mare con l'arco in mano, un sorriso crudele disegnato sulle labbra:"Nessuno può disobbedire al principe Salid" sembrava dicesse.

Nef stava per scagliarsi contro di lui per scatenare la sua ira ed il suo dolore, quando un'ombra apparve improvvisa alle spalle del principe; una spinta inaspettata ed egli volò oltre il parapetto della nave e si infilò silenzioso tra i flutti del Nilo.

I coccodrilli, che stavano intorno, furono come sorpresi da questo dono: Nef guardò l'acqua inorridita, ma non vi riapparve nessuno; Salid era stato sicuramente trascinato sul fondo dai coccodrilli.

Allora Nef si rivolse al provvidenziale soccorritore e quando lo vide in volto un grido soffocato le uscì dalla gola:«Hanoi! che Iside, Osiride e tutti gli dei dell'Egitto ti benedicano! Tu qui?»

E prima che questi le rispondesse si trovò tra le sue braccia.

Scorse poi una seconda sagoma avvicinarsi e riconobbe in essa il giovane gentile che le aveva regalato il diadema, che l'osservava con sguardo affettuoso.

«Anche tu qui» esclamò. «Ma come avete fatto a

trovarmi?».

«Dopo ti racconterò» disse Hanoi «ora dobbiamo fuggire prima che gli uomini del principe si sveglino; devono sentirsi ben sicuri, perché dall'odore direi che si sono presi tutti una bella sbronza di birra».

Solo allora Nef scorse, appoggiata alla fiancata della nave fenicia, la barchetta di canne di papiro.

Liberarono le altre due ragazze, salirono sulla piccola imbarcazione e con i remi la diressero verso riva.

I coccodrilli giravano intorno minacciosi, sperando che il dio Nilo offrisse loro qualche altro dono.

Capitolo Undicesimo

L'attacco del cobra

Appena la barca toccò riva, Nef si lanciò verso Pantera, che giaceva sul terreno scuro. La raggiunse, le alzò il capo e le appoggiò l'orecchio sul petto: il cuore batteva ancora, ma debolmente.

Pantera aprì gli occhi: il lampo di sfida era scomparso ed ora vi aleggiava un'infinita dolcezza: «Nef» sussurrò con un filo di voce, «mi sei ancora vicina, grazie».

«Sss, non parlare» bisbigliò Nef «ti porteremo da un medico e ti cureremo».

«No, sento che la vita mi sta abbandonando, prometti che il mio corpo sarà sepolto con tutti gli onori» il suo sguardo era implorante «e che il sacro libro dei morti mi accompagnerà nella seconda vita».

«Te lo prometto» sussurrò Nef con un nodo alla gola «e quando verrò a raggiungerti nei giardini dell'oltretomba staremo insieme per l'eternità».

«Ringrazio gli Dèi che ti hanno posto sulla mia strada» sospirò Pantera raccogliendo le ultime forze; poi un sorriso le distese il volto e il suo corpo si abbandonò, inerte, tra le braccia dell'amica.

Un silenzio commosso avvolse il gruppo di persone, rotto solo dai singhiozzi di Nef.

Il primo a riprendersi fu Hanoi che esclamò: «Bisogna allontanarsi; i Fenici, privi del loro principe, non cercheranno di inseguirci, ma se ci scorgeranno qui sulla riva, ci colpiranno con le loro frecce».

Anù sollevò con delicatezza il corpo privo di vita della giovane e, raggiunta una radura sicura, i fuggiaschi si fermarono per raccontarsi le rispettive avventure.

Hanoi narrò alla sorella e alle due ragazze di come il padre fosse stato arruolato nell'esercito e come lui e Anù fossero partiti ugualmente alla sua ricerca.

Avevano avvistato la navicella dei rapitori ancorata lungo il Nilo e avevano seguito le tracce dei delinquenti e delle ragazze fino alla grotta, situata sotto la Sfinge.

Stavano per intervenire quando era giunta la piccola carovana del principe; si erano allora nascosti tra le rocce e avevano deciso di attendere il momento propizio: la notte, quando tutti sarebbero stati addormentati.

Poi avevano visto uscire dalla grotta la piccola comitiva col principe, i servi e le ragazze.

Li avevano seguiti e avevano così trovato la nave fenicia ancorata non lontana da quella dei pirati, nascosta però da un'ansa del fiume.

Avevano atteso la notte per avvicinarsi con la loro

barchetta di papiro; mentre stavano salendo a bordo, avevano sentito, dall'altro lato della navicella, un tramestìo e avevano poi assitito alla crudele vendetta del principe.

Presi dal furore avevano così oltrepassato il parapetto e spinto il principe che stava osservano la sponda opposta con sguardo duro. Era caduto nell'acqua senza mandare neppure un gemito.

«Povera Pantera» esclamò Nef commossa, «non ho mai conosciuto una ragazza come lei! Dovremo mantenere la nostra promessa e procurarle una degna sepoltura».

«A questo provvederò io» disse Anù che se ne era rimasto in silenzio. «Prima di diventare un artista mio padre mi aveva fatto seguire gli studi per diventare sacerdote di Osiride, Dio dell'oltretomba, e quindi so come rendere gli onori al corpo di un defunto. Però dovremo raggiungere quanto prima un villaggio, il calore del deserto è micidiale...» e guardò il corpo esanime di Pantera.

I cinque si misero in movimento portando, a turno, il loro triste carico. Giunsero vicino al luogo, che tutti ricordavano molto bene, in cui era nascosta l'imbarcazione dei briganti.

Si ricordavano che lì c'era una radura riparata dal sole e anche dagli sguardi di eventuali passanti. Ed infatti ritrovarono quella provvidenziale depressione tra il terreno coltivabile ed il deserto. Alcune palme garantivano un po' di ombra ristoratrice.

I due amici confabularono fittamente mettendo a punto il loro piano, mentre Nef piangeva vicino al corpo di Pantera.

«Questo è l'unico sentiero che porta alla navicella attraverso la palude» osservò Hanoi «noi dovremo nasconderci qui vicino, fuori dalla vista dei briganti».

«Ho un'idea» intervenne Hanoi «la nostra barca è troppo piccola per affrontare un lungo viaggio! Useremo l'imbarcazione dei banditi che ti hanno rapita» e si rivolse a Nef che si avvicinò. «Se ne staranno certamente dormendo al sicuro nella caverna, vicino alla sacra Sfinge, e domani mattina penseranno a trasportare il tesoro alla barca».

«Dovranno fare almeno due viaggi» esclamò Nef con un pallido sorriso «quel principe ci aveva pagate per bene!»

«Noi lasceremo che compiano il primo carico e poi, mentre faranno il secondo giro, salteremo in barca e via così ci terremo anche una parte del tesoro» concluse Hanoi guardando il cielo. «Abbiamo ancora alcune ore prima che Nut schiarisca il cielo, e dobbiamo riposare perchè domani sarà una giornata dura».

Si trovavano in una conca del terreno circondata da

alcune dune di sabbia mista a ciotoli. Alcuni cespugli difendevano quel luogo dagli sguardi e quindi i tre poterono dormire con una certa tranquillità.

Il sonno fu breve e l'alba color del latte li risvegliò insieme al canto degli innumerevoli uccelli che abitavano i canneti lungo il Nilo.

Subito Anù ed Hanoi salirono sulla piccola collina che difendeva il loro rifugio e osservarono a lungo il paesaggio intorno.

«Devono per forza passare di qui» disse Anù. «Noi saremo nascosti ai loro sguardi dalla collinetta e invece li potremo osservare stando tra le rocce. Li lasceremo effettuare il primo carico, poi, mentre torneranno alla caverna, saliremo sulla navicella e ce ne andremo».

«E se lasciassero uno di loro di guardia?» chiese Hanoi preoccupato.

«Sono solo in tre e hanno molto materiale da trasportare, non credo che lasceranno guardie. Vorranno rimanere uniti, non si fidano l'uno dell'altro! In ogni caso noi siamo in tanti e riusciremo a sopraffarlo!»

«Speriamo» disse Anù pensieroso. Sapeva bene che lui non era adatto alla lotta, Hanoi era solo un bambino e le donne... Nef però aveva un'aria decisa.

"Beh, Osiride ci proteggerà" pensò.

Anù e Hanoi, a turno, si mimetizzarono tra le rocce scrutando la pista da cui prevedevano giungessero i briganti.

Per fortuna l'attesa non fu lunga. Il sole non aveva ancora raggiunto il punto più alto nel cielo, quando li videro arrivare dal deserto, trasportando la cassa piena di gioielli.

Si capiva che era pesante, e i due trasportatori sudavano e sbuffavano.

Il terzo dava loro il cambio, a turno.

«Accidenti, ce la stiamo guadagnando questa ricchezza» protestava uno dei due completamente inzuppato di sudore.

«Taci, non vorrei che quel principe fosse nei dintorni e ci sentisse. Quello sarebbe capace di farci a fettine e di riprendersi il suo tesoro! Hai visto che sguardo?»

«Hai ragione, ogni volta che tratto con lui mi viene la tremarella! Per fortuna quella ragazza sembra averlo stregato, hai visto come la scrutava?»

«È vero, invece quell'altra ragazza, quella Pantera, l'avrebbe volentieri gettata ai coccodrilli, e io sarei stato pienamente d'accordo con lui».

«Ssss taciamo e muoviamoci» rispose il suo compare e intanto gettò uno sguardo sospettoso proprio verso la collinetta dietro la quale stava il gruppo di ragazzi.

Hanoi, che lo sbirciava nascosto tra le rocce, rimase immobile e per un attimo pensò di essere stato scoperto.

Ma l'uomo tirò dritto senza dimostrare sospetti.

Come previsto, i banditi caricarono, non senza difficoltà, la cassa sulla loro navicella e poi se ne ritornarono, percorrendo lo stesso sentiero, verso la grotta.

Sembrava che tutto filasse liscio ma, evidentemente, i piani di Osiride erano diversi.

Un lungo cobra, uscito dalla sua tana alla ricerca di cibo, si drizzò proprio vicino ad una delle due ragazze. Lo sguardo magnetico la fissava mentre dondolava il collo pronto a sferrare l'attacco mortale. Ella lanciò un urlo lacerante: paralizzata dal terrore era incapace di muovere un passo.

Hanoi, subito accorso, raccolse una grossa pietra e la scagliò con tutta la sua forza contro il serpente colpendolo in pieno. Nef afferrò il braccio della giovane e, con uno strattone, la sottrasse dalla pericolosa posizione.

Poi, tutti insieme, indirizzarono numerose pietre contro il cobra, uccidendolo.

I cinque non ebbero però il tempo di gioire per lo scampato pericolo: i tre briganti, richiamati dal rumore, stavano correndo verso di loro.

Accortosi che Hanoi era il più pericoloso, il capo dei briganti rivolse su di lui la sua furia: gli piombò addosso con tutto il suo peso convinto di sopraffarlo facilmente; ma Hanoi era abituato a giocare con i coccodrilli del Nilo e a evitare i colpi mortali delle loro fauci. Questo aveva sviluppato in lui un'agilità fuori dal comune e, con una mossa improvvisa, schivò il malandrino che andò a finire per terra.

Rialzatosi, più che mai infuriato, questi estrasse dalla cintura un lungo ed affilato pugnale e si avventò contro Hanoi con un ghigno pauroso.

Il ragazzo non poteva reggere l'impari duello, era ancora troppo piccolo. Si trovò schiacciato contro il terreno con le pietre che gli premevano contro le co-

stole soffocandogli il respiro.

Il brigante librò in alto il suo coltello affilato e Hanoi sentì l'ombra della morte su di lui.

In quel momento un impercettibile fischio attraversò l'aria. Il brigante, come per incanto, lasciò l'arma, il suo viso assunse un'espressione mista di dolore e di sorpresa e cadde al suolo.

Solo allora Hanoi, semistordito, vide la freccia piantata nella schiena dell'avversario.

Altre due sottili ombre attraversarono il cielo torrido del deserto ed anche gli altri due briganti si accasciarono, trafitti.

I cinque girarono gli sguardi stupefatti nella direzione da cui erano giunte le frecce.

Un soldato, con le insegne di comandante, stava sopra la duna, il fedele arco in mano, con la corda che ancora vibrava.

Dietro di lui stavano altri due guerrieri; tutti e tre avevano la divisa sporca e lacera, erano avvolti, in varie parti del corpo, da bende insanguinate; il loro volto era una maschera di sudore e di fatica, ma gli occhi mantenevano l'orgoglio dei soldati egizi.

Hanoi e Nef lanciarono un grido all'unisono «Padre!»

Capitolo Dodicesimo

Gli Hyxsos

La gioia di tutti fu immensa. Hor, per primo, volle conoscere le avventure vissute dai figli, poi fu Nef a chiedergli con affetto: «E voi padre, come mai siete così malridotto? Che è accaduto all'invincibile esercito del Faraone?»

Hor si dissetò abbondantemente poi, con espressione triste, cominciò a raccontare.

«Nessuno, da quando il Sacro Nilo bagna il territorio dell'Egitto, ha mai neppure immaginato una simile tragedia! Le nostre avanguardie ci riportavano strani resoconti di guerrieri che volavano come le rondini sfiorando appena le sabbie del deserto.

Non capivamo i loro messaggi e allora il Dio Faraone fece schierare l'esercito egizio secondo le regole di guerra: erano sessantamila uomini ben addestrati e armati in modo formidabile; chi avrebbe potuto sconfiggerli? Nessun popolo era in grado di allestire un esercito simile.

Ed ecco che vedemmo giungere una nuvola di sabbia che si spostava leggera ed innaturale. Noi rimanemmo sbalorditi: non esisteva esercito che potesse muoversi a quella velocità; che fossero spiriti del male? I nostri soldati erano spaventati, pensavano a qualche oscura magia.

Solo quando quella nube paurosa ci fu molto vicina capimmo che si trattava di uomini, guerrieri che si spostavano in modo velocissimo; sembrava volassero». «Come è possibile questo? I soldati non volano» intervenne Hanoi.

«Una misteriosa paura si stava impossessando di noi; molti mormoravano che Osiride ci voleva punire inviandoci contro un esercito di esseri infernali. La nuvola ci raggiunse con una velocità impressionante. Ci fu addosso e solo allora, in mezzo alla polvere, fummo in grado di vedere i nostri assalitori. Viaggiavano trasportati da animali mostruosi, con due teste, che trascinavano una specie di carro sul quale erano montati due guerrieri: uno guidava il mostro, l'altro scoccava frecce e lance affilate contro di noi. Il carro trainato dal mostro sembrava leggerissimo, le ruote erano munite di lame metalliche che tagliavano gambe e braccia e ferivano gravemente coloro che ne venivano raggiunti.

Il nostro esercito ondeggiò sotto l'attacco di quegli esseri; il Faraone capì, dopo pochi assalti, che non potevamo opporre resistenza, chiamò me ed alcuni altri comandanti e ci disse:«Presto, organizzate la ritirata! Saliremo sulle nostre navi, dove i nemici non ci potranno raggiungere, e torneremo a Tebe; lì troveremo il modo di resistere a questi dannati».

Poi continuò:«Hor, tu sei il più valoroso dei miei comandanti, i soldati credono in te perché conoscono la tua lealtà ed il tuo valore. Con i tuoi uomini proteggerai la nostra ritirata. Quando saremo al sicuro sulle navi, disperdetevi nel deserto e fuggite a piccoli gruppi, in modo da sottrarvi al combattimento».

Mentre il Faraone e gran parte delle truppe si imbarcavano, facemmo loro scudo con i nostri corpi. Per fortuna, sul terreno umido, gli Hyxsos manovravano con minor velocità, sembrava che si impantanassero sul terreno. È solo per questo che non siamo morti tutti».

«E come avete fatto a salvarvi?» chiese Nef con apprensione.

«Appena le navi furono al sicuro in mezzo al fiume, i miei guerrieri si sottrassero all'attacco sgusciando tra i canneti del Nilo dove i mostri non potevano seguirli. La riva del sacro fiume brulicava di uomini armati che, a gruppi di due, tre, quattro, cercavano la salvezza.

Con l'aiuto di Osiride giunse la notte e noi tre decidemmo di passare sull'altra sponda del sacro fiume a nuoto. La paura era tanta perché tutti sanno che durante la notte gli spiriti maligni vagano sulle acque. Tuttavia

la situazione era disperata e, dopo una preghiera a Osiride, affrontammo la lunga nuotata; per fortuna i coccodrilli erano già sazi per quel giorno e tutto andò per il meglio».

«Finalmente fuori pericolo!» esclamò Nef che sembrava bere le parole pronunciate dal padre.

«Eh! No» proseguì questi «gli Hyxsos si accorsero che molti Egizi avevano attraversato il fiume e, con delle chiatte, alcuni di loro fecero altrettanto e si diedero a scorazzare per lungo e per largo il deserto con i loro terribili mostri a due teste. Noi fummo raggiunti proprio da uno di questi ad un migliaio di passi da qui.

Decidemmo allora di affrontarlo.

Ci girammo e osservammo con terrore le due terribili teste che ci venivano contro lanciando occhiate fiammeggianti.

Urlai ai miei compagni: «Dobbiamo colpirlo insieme! Al mio ordine voi scagliate le vostre lance contro la testa di destra, io contro quella di sinistra!»

Il mostro volava verso di noi a velocità terrificante, ormai sembrava di sentire il soffio delle sue narici mescolarsi al rimbombo dei nostri cuori affannati.

«Adesso!» urlai; le tre lance partirono quasi all'unisono; la mia colpì l'occhio della belva e penetrò profondamente facendola crollare; una delle altre due raggiunse l'osso della fronte della seconda testa e deviò scalfendone appena il pelo; la terza andò a vuoto.

La bestia cadde da un lato; i due Hyxsos, che stavano sul carro, mandarono un urlo disumano: uno fu sbalzato e si fracassò la testa contro un masso, l'altro rimase schiacciato sotto il carro; ambedue morirono sul colpo.

Solo allora ci accorgemmo che quella che sembrava una belva informe, in realtà erano due animali strettamente appaiati, tanto da sembrare un unico corpo con due teste.

Un timone li collegava ad uno strano carro, che dava la sensazione di essere leggerissimo, riccamente decorato: un vero miracolo dell'ingegno!

La bestia con l'occhio trapassato era spirata all'istante, l'altra cercava di sollevarsi ma non poteva farlo perchè strettamente legata a quella morta ed al carro».

«E l'avete uccisa?» si informò Anù con una certa ansia.

«No, non ne abbiamo avuto il coraggio; il suo sguardo implorante ed orgoglioso ad un tempo ci ha impietosito, d'altronde nessuno di noi ha avuto il coraggio di avvicinarsi per liberarla».

«Cavalli, sono cavalli!» esclamò Anù emozionato; ne ho sentito parlare con rispetto da mercanti che giungevano alla mia bottega dalle lontane terre d'Oriente; li descrivevano come i più nobili ed intelligenti animali che popolassero la terra! Se fosse ancora vivo!» I suoi occhi miti si accesero di un' improvvisa decisione.

«Presto, andiamo a vedere se è possibile salvarlo! E portate tutta l'acqua che avete a disposizione» concluse Anù.

In poco tempo la piccola colonna, guidata da Hor, raggiunse il luogo dello scontro.

Una delle bestie era ancora viva; era proprio un cavallo e di tanto in tanto lanciava qualche debole nitrito cercando di sollevarsi. Sulla fronte della bestia, una lieve ferita aveva appena scalfito la pelle; il sudore le copriva il mantello scuro e brividi di paura scuotevano il suo corpo.

«Presto dell'acqua» esclamò Anù e la sua mano accarezzò delicatamente il muso dell"animale.

Gli occhi del cavallo sembravano due pozze d'acqua profonde e su di essi Anù lesse un'espressione di gratitudine. Il giovane gli versò con gentilezza dell'acqua sulla testa poi, facendo coppa con le mani, lo fece bere a più riprese.

Un guizzo di vitalità passò nello sguardo del cavallo che appoggiò riconoscente il muso contro il petto del giovane il quale lo abbracciò con affetto e quindi esclamò: «Adesso passatemi una spada».

Hor gliela porse ed Anù recise le corde e i finimenti che tenevano imprigionato il cavallo. Appena si sentì libero questi, con uno scarto, balzò in piedi provocando il fuggi fuggi di tutti i componenti del gruppo.

Era una bestia magnifica. Sgroppò per qualche minuto quasi per sgranchirsi le gambe, poi si avvicino ad Anù che era l'unico a non aver paura.

L'animale lo annusò e poi cominciò a leccargli le mani. Hanoi guardava estasiato, e così faceva Nef i cui occhi sembravano due lampade accese.

Era davvero un animale stupendo: più grande di una zebra, il suo corpo, nero come la notte, era agile e scattante; la testa, sorretta da un poderoso collo ornato da una folta criniera, esprimeva forza, orgoglio, intelligenza.

Incitati da Anù, che con la sua naturale sensibilità di artista aveva saputo accattivarsi ben presto la fiducia del cavallo, anche gli altri poco a poco a poco cominciarono ad avvicinarsi, toccarlo, accarezzarlo.

Il quadrupede, abituato alla presenza dell'uomo, li conquistò tutti con la sua docilità.

La sera sorprese Hor e compagni che avevano aumentato le proprie conoscenze sui sugli strumenti di guerra degli Hyxsos, ma ai quali rimanevano ancora importanti problemi da risolvere. Seppelliti i due guerrieri morti nello scontro, si abbandonarono al sonno ristoratore mentre i soldati, a turno, montavano la guardia.

Capitolo Tredicesimo

Il cavallo

Nef aveva imboccato una galleria oscura e stava avanzando insieme ad Anù.

Gli chiese: «Dove stiamo andando?»

Egli rispose: «Nel regno dei morti».

Camminarono a lungo dentro quel tunnel buio, finché, finalmente, videro la luce dell'uscita. Arrivati all'imbocco, un panorama indescrivibile si presentò al loro sguardo: giardini coperti da alberi ricolmi di frutta circondavano laghetti dalle acque trasparenti. Tavole imbandite con cibi appettitosi stavano sparse ovunque. Ragazze e ragazzi riccamente vestiti danzavano al suono di musiche divine.

Nef fu incantata: «Che meraviglia!» esclamò «siamo nei giardini di Osiride, nell'oltretomba!» Affrettò il passo, impaziente di giungere in quel luogo meraviglioso, di unirsi ai canti e balli, di mangiare quella frutta così appettitosa, quando andò a sbattere su qualcosa che la respingeva; sembrava un muro invisibile.

«Ma, chi mi trattiene?» esclamò spingendo con il

corpo per poter proseguire.

Niente, era impossibile avanzare. Fu presa dall'inquietudine. Cercò Hanoi con lo sguardo, era scomparso. L'inquietudine si trasformò in angoscia:«Ma cosa succede?» disse tra sè.

In quel momento scorse una ragazza che saltava con la forza della disperazione contro il muro invisibile, ma ne veniva respinta; il suo corpo era madido di sudore, ed ella continuava a sbattere contro quell'ostacolo che la faceva rimbalzare lontano. Da quanto tempo continuava quella specie di danza angosciosa?

La giovane aveva il vestito a brandelli, il volto deformato in una smorfia paurosa.

Quando vide Nef, la ragazza le si avventò contro con una smofia crudele ed aggressiva.

Nef sbarrò gli occhi terrorizzata, mentre l'altra urlava:«Tu sei la mia rovina! Non hai imbalsamato il mio corpo e non l'hai onorato coi sacri riti della morte!»

Solo allora Nef riconobbe Pantera che intanto l'aveva afferrata e la stava stringendo alla gola. Provò ad urlare, ma la voce non veniva; cercò di fuggire ma non riusciva a muoversi; stava soffocando!

Improvvisamente sentì una mano che delicatamente le accarezzò la testa e una voce gentile che mormorò:«Tranquillizzati, hai fatto un brutto sogno! Gridavi Pantera, Pantera, e ti rigiravi in un lago di sudore».

«Oh, Anù» esclamò Nef «Pantera mi voleva uccidere! Mi accusava di non aver mantenuto la promessa! Diceva che non avevo dato onorevole sepoltura al suo corpo!»

«Lo faremo appena giunti al villaggio, non preoccuparti» la rassicurò Anù.

Nef poco a poco si calmò, ma occorse molto tempo prima che quelle immagini spaventose si allontanassero dalla sua mente.

Per fortuna c'era Anù che la coccolava con la sua voce così calma e suadente.

Intanto anche gli altri si erano risvegliati e, dopo brevi preparativi, saliti sulla navicella dei briganti, risalirono il Nilo fino a quando non scorsero, sulla riva destra, un villaggio di contadini.

Raggiunsero subito la casa del Sacerdote, riconoscibile perchè era la più grande e centrale. Egli, messo al corrente della situazione, fu ben contento di offrire tutta la sua scienza per preparare onorevolmente il corpo della ragazza.

«Vi condurrò io stesso alla Casa della Morte, e sorveglierò personalmente che gli imbalsamatori facciano un lavoro accurato come la nobiltà della defunta richiede» disse. «Volete un funerale ricco o povero?» concluse.

«Ricchissimo» proruppe Nef «abbiamo il tesoro del principe che l'ha uccisa! Che almeno serva a renderle felice la vita nell'oltretomba!»

«Bene, provvederò a tutto io» soggiunse il Sacerdote. «Per il vostro alloggio non preoccupatevi, nella mia casa ci sono molte stanze in cui ospitarvi e poi» ed un velo di tristezza scese sul suo volto «le nostre case sono semideserte; tutti gli uomini ed i giovani sono con l'esercito imperiale che cerca di fuggire agli Hyxsos; chissà se qualcuno si salverà».

Il cadavere di Pantera venne portato nella Casa della Morte ed immerso nel natron, il sacro liquido composto da sale disciolto nell'acqua unito ad essenze e profumi naturali, che lo avrebbe conservato per sempre. Si decise che, poichè era una fanciulla nobile, vi sarebbe rimasto per sessanta giorni. Per i poveri ne bastavano anche quaranta, mentre il Faraone doveva restarvi immerso almeno settanta giorni.

Rimaneva il problema di trovare una degna tomba per Pantera.

«Ci sono delle tombe già pronte» avvertì il Sacerdote «ma nessuna è all'altezza della nobiltà della ragazza, questo è un villaggio di contadini!»

«La grotta» esclamò Anù «la grotta dove è stata venduta al principe fenicio! Si trova all'interno del recinto sacro delle piramidi, è protetta dalla Sfinge. Tutti coloro che ne conoscevano l'esistenza sono morti, eccetto i servi del principe fenicio che si guarderanno bene dal tornare in queste zone!»

«Dovrà essere preparata in modo adeguato» soggiunse Hor.

«A questo provvederò io con l'aiuto di Hanoi» disse Anù rivolgendosi verso Hanoi che, inorgoglito, accettò di buon grado.

I giorni successivi, tutti si dedicarono ai loro compiti. Nef e le due ragazze prepararono le bende per avvolgere il corpo e provvidero a cuocere il cibo per tutti; Hor e i due soldati esplorarono i villaggi intorno per avere notizie sugli Hyxsos e intanto cacciarono qualche buona anatra e pescarono alcuni deliziosi pesci di cui il Nilo era ricco.

Anù fece vedere il cavallo agli abitanti del villaggio e dimostrò loro come la bestia fosse docile e inoffensiva; egli temeva che qualcuno, spaventato, potesse colpirlo con la lancia o con delle frecce. Poi chiamò Hanoi e gli disse:«Ora voglio provare a montargli in groppa; mercanti giunti dal lontano oriente hanno raccontato di uomini che salivano su animali come questo e che correvano come il vento».

In quel momento giunse Nef che si sedette sul gradino antistante una di quelle umili abitazioni. Appena la videro i ragazzi del villaggio cominciarono a parlottare tra loro. Era davvero una ragazza bellissima e alcuni giorni di riposo le avevano permesso di distendersi, lavarsi e abbigliarsi per bene.

Vedendo la sorella, Hanoi volle dimostrare la sua bravura e il suo coraggio.

«Provo prima io!» disse.

Condussero il cavallo vicino ad un muretto, Hanoi vi salì in cima e poi, con un salto, fu sul dorso dell'animale. Quando il cavallo sentì il peso improvviso, si spaventò, nitrì, scalciò, inarcò la schiena, sbalzando il malcapitato Hanoi che si trovò, senza capire cosa fosse accaduto, sdraiato sulla sabbia.

«Ohi, ohi» si lamentò «maleducato di un cavallo, che modi sono questi! Ohi ohi che male al sedere! Tu non sei un cavallo, sei un demonio mandato da Set per farmi fare la figura di una scimmia!»

Ma Hanoi era un ragazzo coraggioso e volle riprovare. Questa volta salì sulla groppa del cavallo più lentamente e subito si aggrappò alla sua criniera.

Il grande quadrupede rimase per qualche istante fermo immobile, sembrava quasi che accettasse quel nuovo peso. Ma dopo un attimo si imbizzarrì, nitrì mostrando dei dentoni enormi e si sollevò sulle zampe posteriori sbalzando il povero Hanoi che questa volta cadde col sedere per terra, lanciando un urlo di dolore.

Si alzò massaggiandosi il fondo schiena e imprecando:«Brutto cavallo ingrato! Era meglio se ti lasciavo nel deserto legato al carro! E tu cos'hai da ridere?» soggiunse rivolto alla sorella che non riusciva a nascondere un sorriso «voglio proprio vedere quando proverai tu a salire su quel terremoto! Un mostro, ecco che cos'è».

Anù aiutò Hanoi a rialzarsi, controllò che non si fosse ammaccato troppo, poi si avvicinò al cavallo che stava ancora sgroppando imbizzarrito e lo accarezzò sussurrandogli alcune parole e porgendogli teneri germogli di papiro.

Quando lo vide calmo salì anch'egli sul muretto e, sempre continuando ad accarezzarlo, alzò lentamente la gamba e si pose a cavalcioni.

Quando tutto il suo peso fu sopra il cavallo, questi nitrì nervosamente e il suo manto fu scosso da alcuni fremiti. Anù si abbracciò al collo continuando ad accarezzarlo e a parlargli.

Il cavallo sembrava ascoltare docile.

Anù per un po' lo lasciò camminare liberamente, poi cominciò a guidarlo con le mani e con le ginocchia.

In breve il cavallo ed il suo padrone furono come una cosa sola ed Anù si sentì felice. Provava un sentimento di grande rispetto per l'intelligente animale e capiva di essere ricambiato.

Il suo sguardo si diresse verso Nef che lo osservava sorridendogli seduta sulla soglia della casa e la gioia crebbe ancor di più nel suo cuore.

I giorni seguenti furono dedicati a rinsaldare l'intesa tra uomo e cavallo; i due volteggiavano al trotto ed al galoppo per le strade del villaggio tra la sorpresa e l'ammirazione degli abitanti.

Anche Hanoi imparò a cavalcare e infine Anù volle far salire anche Nef sul dorso del quadrupede.

Ella seguì i consigli di quello che era il suo migliore amico e con un'agile piroetta fu sulla groppa del cavallo che oramai si era abituato a sentire il peso degli umani. Assunse una posizione talmente elegante e sicura che Anù ne fu ancor più conquistato; guardandola col cuore che batteva forte forte pensò:"Il giorno in cui diventerai mia moglie, ti regalerò questo cavallo in segno del mio eterno amore".

Una coppia di rondini passò sopra la sua testa inseguendosi nel cielo con volo leggero e riempiendo l'azzurro di garriti felici.

Anù interpretò questo come un segno della dea Iside che approvava i suoi sentimenti.

Il cavallo rese molto più rapidi gli spostamenti di Anù e Hanoi che, seduti l'uno davanti all'altro sul suo dorso, potevano raggiungere in breve tempo la grotta destinata a diventare la tomba di Pantera. I due erano diventati amici inseparabili e Anù insegnava tutti i segreti della sua arte ad Hanoi che imparava velocemente.

Parecchie volte si erano recati a vedere il carro degli Hyxsos abbandonato nel deserto; stava lì, quasi intatto, a dimostrare l'instancabile ingegno dell'uomo.

«Peccato che opere così vengano utilizzate per uccidere e provocare lutti» pensò Anù tristemente.

Capitolo Quattordicesimo

La sepoltura

Erano passati sessanta giorni da quando il corpo della povera Pantera era stato immerso nel sacro natro, impregnato di sali minerali.

Il corpo venne prelevato dagli abili imbalsamatori che lo lavarono per bene e lo unsero con oli preziosi e profumati.

Lo avvolsero poi con le bende preparate da Nef e dalle due ragazze; Anù fece inserire tra i bendaggi piccoli oggetti di legno e di metallo e alcune pietre preziose: erano gli amuleti che avrebbero accompagnato e protetto il corpo della defunta nell'oltretomba.

Alla fine Anù adattò sopra il viso di Pantera una maschera, scolpita su un sottile foglio d'oro, che egli stesso aveva preparato.

Quando la vide, Nef scoppiò a piangere: i lineamenti decisi e risoluti del viso di Pantera vi risaltavano alla perfezione. Al posto degli occhi due pietre nere riflettevano la luce in modo quasi umano, con bagliori vividi.

Il corpo venne sistemato con delicatezza dentro un

sarcofago costruito su misura, dipinto tutto intorno con raffigurazioni di Dèi egizi e con scritte geroglifiche.

Sopra il sarcofago venne posto un coperchio sul quale erano scolpiti, in rilievo, il viso ed il corpo della giovane donna.

Anche il coperchio era illustrato e decorato con motivi naturali dipinti con colori vivacissimi: rondini, fagiani, aironi, anatre, uva, banane, ananas, noci di cocco.

Il sarcofago fu caricato e legato con cura su una slitta, che Anù aveva fatto costruire ed adattare al suo cavallo, per trainarlo fino alla tomba segreta.

La piccola comitiva era formata da Hanoi che guidava il cavallo, appena dietro al sarcofago venivano Nef, che non tratteneva il pianto, Anù, il sacerdote e le due ragazze.

Chiudevano il gruppo Hor ed i due soldati che avevano il compito di cancellare ogni traccia del loro passaggio.

Non si avviarono verso la tomba per la via più breve, ma fecero un giro largo per assicurarsi di non essere visti o spiati. I profanatori di tombe erano una vera piaga che non risparmiava neppure i villaggi di contadini.

Di tanto in tanto, Hor si nascondeva dietro una pianta o una duna e attendeva per vedere se qualcuno seguiva il corteo.

Fortunatamente nessun incidente turbò il triste viaggio e loro giunsero ben presto alla grotta, vicino alla Sfinge, dove molti giorni prima le sfortunate ragazze erano state vendute al principe fenicio.

Si fermarono sulla soglia della galleria e trasportarono il sarcofago a braccia perchè il cunicolo era troppo stretto per il passaggio del cavallo. Anù li precedette per accendere le torce nella sala della sepoltura.

Quando giunsero alla fine della piccola galleria, Nef, Hor e gli altri rimasero a bocca spalancata per la meraviglia.

Al centro della sala un blocco di granito era scavato in modo tale da contenere esattamente il sarcofago. Ad un suo lato una spessa lastra, pure di granito, era destinata ad essere posta sopra il sarcofago stesso.

Ma ciò che lasciò tutti stupefatti furono le pareti della caverna.

Erano completamente coperte da immagini, scritte, decorazioni dai colori vivaci.

Le figure erano talmente ben modellate che sembrava uscissero dalla roccia.

Nella parete di fronte alla pietra sepolcrale era dipinta una scena nella quale si scorgeva Pantera, davanti a Osiride, Dio dei Morti.

Era in attesa del giudizio, ma il suo sguardo esprimeva sicurezza e fierezza.

Vicina era raffigurata la bilancia della giustizia: su un

piatto era disegnato il cuore di Pantera, sull'altro una piuma; significava che se il cuore non era leggero come la piuma non poteva accedere ai paradisi di Osiride.

Il Dio Anubi, con la testa di sciacallo, ed Horus, con la testa di falco, controllavano la bilancia e davano il responso al Dio Thot, con la testa da ibis e il lungo becco, che registrava i risultati della pesatura.

Era la scena che veniva dipinta in tutte le tombe di persone importanti; Anù l'aveva illustrata in modo del tutto personale.

«E quell'animale, chi è?» domandò Nef.

«Il mostro malvagio che divora il cuore dei cattivi» osservò il Sacerdote dopo aver esaminato a lungo e con meraviglia il dipinto.

«Potevi anche non disegnarlo perché Pantera non avrà mai questo destino» disse Nef ad Anù.

«E tutti quei babbuini che hai raffigurato più in piccolo?» chiese ancora Nef.

«Quelli sono i quaranta saggi che aiuteranno gli Dèi a giudicare» rispose Anù «e questa è la barchetta con cui il corpo di Pantera raggiungerà il paradiso».

«E queste scritte?» chiese Nef sempre più emozionata, stringendo un braccio ad Anù.

«Sono le preghiere del libro dei morti; le ho scritte perchè Pantera possa leggerle durante il viaggio che la condurrà tra gli Dèi.

Qui c'è scritto «Io non ho fatto del male; non ho commesso violenza; non ho rubato; non ho fatto uccidere nessuno a tradimento; non ho diminuito le offerte agli Dèi; non ho detto bugie».

Ma un'ultima sorpresa attendeva gli esterrefatti accompagnatori del sarcofago.

Appena aggirata la tomba di pietra vi scorsero una serie di statuine di creta che Anù aveva modellato con pazienza e abilità. Erano per gran parte ragazze: alcune, che indossavano ricche vesti, sarebbero state le compagne di giochi e passatempi nell'aldilà; altre invece, vestite più modestamente, tenevano ceste piene di frutta e di cibi vari; avrebbero servito Pantera nell'oltretomba.

Una stupenda statua, più grande delle altre, raffigurava un cavallo.

«Così potrà avere anche lei per amico questo stupendo animale!» esclamò Anù.

Vicino erano state distese le ricche vesti portate dal principe fenicio per pagare le schiave e una cassetta di gioielli, anch'essi parte del tesoro del principe fenicio.

«Ho visto tante ricche tombe» esclamò Hor «ma mai una così ben decorata e con tanti doni».

«E manca il più importante» disse Anù traendo da sotto la veste una statuina che rappresentava alla perfezione Pantera.

«Se un giorno la tomba dovesse essere derubata dai ladri e se questi deturpassero il corpo della nostra Pantera alla ricerca di amuleti e di oggetti preziosi, il suo spirito potrà entrare in questa statua e vivere in eterno».

Così dicendo pose la statuetta in un luogo nascosto, nel fondo della grotta, e soggiunse: «speriamo che non serva e che la tomba rimanga inviolata».

Terminata la triste pratica della sepoltura, Hor e compagni uscirono dalla caverna, chiusero per bene l'entrata con pesanti rocce, e se ne tornarono mestamente al villaggio.

Come nell'andata, compirono un largo giro, cancellando le tracce e sorvegliando con attenzione che nessuno li seguisse.

Appena giunti alla casa del Sacerdote, Hor disse:«Abbiamo assolto ogni dovere nei confronti di Pantera, ora dobbiamo tornare al più presto al nostro villaggio e raggiungere Tari e Isi; nei nostri giri di esplorazione abbiamo saputo che le spie degli Hyxsos hanno seguito l'esercito del Faraone che si è rinchiuso in Tebe. Si dice che il Faraone, disperando di poter difendere la città, voglia fuggire lungo il Nilo con l'esercito.

Dobbiamo tornare alla nostra abitazione e portare in

salvo vostra madre e vostra sorella prima che gli Hyxsos volgano la loro furia anche contro le campagne».

«E dove andremo?» chiese Nef.

«Raggiungeremo il Faraone ed il suo esercito» disse Anù prima che qualcuno potesse parlare.

«Da quando sei tu a dare gli ordini?» intervenne Hor con tono contrariato.

«Non arrabbiatevi padre» esclamò Hanoi «Anù sa quello che dice, ha una sorpresa per voi... e poi lui ama...» si fermò folgorato dallo sguardo di Anù.

Nef divene rossa come la brace, ma tutti fecero finta di niente.

«Chiedo perdono per la mia intromissione» si scusò Anù, «ma questo è l'unico modo per salvare l'Egitto».

Il tono della sua voce era umile ma deciso; fece un segno ad Hanoi che se ne andò rapidamente nella sua stanza, tornando poco dopo con un oggetto coperto da un telo bianco.

«La finite di fare i misteriosi?» intervenne Nef che temeva che suo padre si adirasse.

Fu allora che, tolto il telo, apparve un carro da guerra in miniatura simile a quello degli Hyxsos; era in legno, fermato con lamierini di rame ed oro.

Funzionava perfettamente: le ruote giravano sugli assi e le lame che vi erano attaccate tagliavano come rasoi.

I due cavalli, modellati con la creta, erano in posizione di corsa: sul cocchio c'era un guerriero che

scagliava frecce.

Un Oh! di ammirazione accompagnò quella vista e questa volta fu Hanoi a parlare.

«Lo abbiamo costruito io e Anù; siamo andati molte volte ad osservare il carro abbandonato ed abbiamo costruito un modellino uguale anche se più piccolo» e concluse il suo discorso con un sorriso soddisfatto.

«L'Egitto non potrà mai scacciare gli Hyxsos se non avrà armi pari alle loro» disse Anù; «dobbiamo raggiungere il Faraone e fargli vedere questo modellino affinchè i suoi falegnami ed ingegneri preparino per i nostri soldati carri simili a quelli degli avversari».

«E per i cavalli?» intervenne Nef che seguiva attentamente la discussione.

«Bisognerà rubarli agli Hyxsos, oppure inviare mercanti nelle lontane terre d'Oriente per acquistarne; certo non sarà questione di breve tempo!» rispose Anù.

«Bene, ora è tempo di partire immediatamente per raggiungere il nostro villaggio» concluse Hor. «Staremo molto attenti e, in caso di pericolo, ci nasconderemo tra i canneti del Nilo; dovremo viaggiare in senso contrario a quello della corrente, ma il vento spira dal mare verso l'interno e con una vela dovremmo risalire il Nilo senza troppa fatica».

«E se occorre faremo uso dei remi» suggerì un soldato «perché noi verremo con voi, comandante».

«Grazie miei valorosi» esclamò Hor. «E voi?» soggiunse rivolto alle due ragazze.

«Noi vorremmo rimanere qui» rispose una delle due «i nostri genitori sono morti e noi abitavamo con uno zio ubriacone che ci maltrattava. In questo villaggio abbiamo conosciuto due ragazzi che vorrebbero dividere la casa con noi».

«Sia come volete» concluse Hor, e aggiunse «alle prime luci dell'alba tutti sulla nave, si parte verso il nostro villaggio».

Capitolo Quindicesimo

Una cerimonia commovente

Alcuni giorni dopo, nella casa in cui l'addolorata Isi e la piccola Tari attendevano i loro familiari, il sole era già calato da parecchio tempo, quando Isi raccomandò alla figlia per la terza volta: «Dai piccolina, è ora di andare a letto!»

«Io non dormo se non mi racconti la storia di Horus».

«Va bene mia piccola rondine, te la racconterò, ma ora vieni, la notte è già fonda».

«La storia» reclamò Tari dopo essersi stesa sul suo lettino.

Isi cominciò a raccontare. Nella sua voce c'era un velo di tristezza; della sua meravigliosa famiglia le era rimasta solo Tari. Chissà dov'erano Hor, Nef, Hanoi? Saranno stati ancora vivi?

«Nei tempi antichi, dalle tenebre sorse il Sole, colui che crea se stesso».

«Dalle tenebre *eterne*» precisò Tari.

«Certo, dalle tenebre eterne» corresse Isi, e una lacrima le scivolò lungo la guancia cadendo sul lettino.

«Mamma, perché piangi?»

«Non piango piccina, mi è andato qualcosa dentro l'occhio».

«Tu piangi perchè il papà, Hanoi e Nef non sono ancora tornati, vero? Ma mi hai detto tante volte che torneranno di sicuro!»

«Certo che torner...»

Isi non terminò la frase che la porta si aprì come colpita da una folata di vento e tre persone si precipitarono in casa.

Erano Hor, Nef e Hanoi che, dopo aver superato mille pericoli, erano finalmente ritornati.

La commozione fu tale che nessuno riuscì a parlare per lungo tempo.

I cinque familiari, che finalmente si ritrovavano insieme dopo tante paure ed incertezze, si abbracciarono in silenzio.

Solo Tari gridava allegra: «Hai visto mamma? Sono tornati!» E passava dall'uno all'altro e tutti quasi la soffocavano di baci.

Sulla porta, seminascosti e silenziosi, quasi temessero di rompere quel momento di gioia, stavano Anù ed i due soldati. Una nobile testa di animale sovrastava tutti; era il cavallo che sembrava voler partecipare alla festa.

Passati i primi momenti di intensa commozione,

ognuno ebbe tutto il tempo di raccontare agli altri le proprie vicende, interrotto da mille domande. Le stelle impallidirono e l'alba, che cominciò a ricamare lo spazio con le forme delle cose, sorprese gli otto personaggi (nove contando il cavallo) intenti a raccontare tra molti «perchè, ... come... quando...».

La mattina, dopo un breve sonno ristoratore e dopo essersi lavati e cambiati di vestiti, decisero il da farsi.

«Gli Hyxsos hanno invaso il Basso Egitto, la sua capitale Menfi e stanno spogliando le famiglie egizie di tutto» informò Isi che aveva accolto in casa alcuni fuggiaschi che fuggivano verso l'Alto Egitto «sono stati giorni terribili; molti Egizi si sono augurati di morire».

«Il Faraone ha posto la sua sede a Tebe, nell'Alto Egitto, ma teme che gli Hyxsos, una volta spogliata Menfi e il Basso Egitto, si rivolgerà anche contro questa città. Si dice che sia pronto a condurre ciò che rimane dell'esercito verso i luoghi dove nasce il sacro Nilo per rinforzarsi e riorganizzarsi» proseguì Isi.

Poi fu Hor a parlare: «Per ora il grosso dell'esercito degli Hyxsos starà riorganizzandosi per gettarsi all'inseguimento delle truppe egizie. I loro comandanti non hanno fretta, lasciano che i soldati saccheggino la città, si godano la vittoria; sanno che il Faraone non ha scampo, così per ora rinvieranno la data della partenza. Sicuramente comandanti e soldati passeranno il tempo ad ubriacarsi e a molestare la popolazione: conosco le tristi abitudini degli invasori!»

Hor si fermò un attimo facendo scorrere sui propri familiari uno sguardo preoccupato, poi continuò: «Esaurita l'abbondanza della città, si rivolgeranno anche contro i villaggi di campagna per cercare viveri e saccheggiare. Dobbiamo partire al più presto, raggiungere il Faraone e le sue truppe e proporgli lo strumento di guerra che Anù e Hanoi hanno costruito con tanto ingegno».

Così dicendo, Hor mostrò alla moglie l'opera costruita da Anù e dal figlio che si godettero lo sguardo colmo di ammirazione di Isi.

Poi fu Anù a parlare: «Io sono uomo di pace e non di guerra, ma farò tutto quel che potrò per aiutare il Sacro Egitto a liberarsi dai barbari invasori. Le mie braccia non sanno combattere, ma le mie mani sono nate per costruire; vi aiuterò a preparare dei carri da guerra migliori di quelli degli Hyxsos».

Dopo aver rifiatato, proseguì con imba-razzo: «Prode Hor, un periodo pieno di pericoli e di sofferenze si avvicina; avete conosciuto il mio cuore e le mie capacità, io chiedo a voi e a vostra moglie l'onore di sposare Nef, rompendo la giara insieme a lei, secondo il sacro rito egizio».

La giara era un grande vaso di terracotta dalla larga pancia, usato soprattutto per conservare le scorte di acqua, vino e birra. Quando un uomo e una donna rompevano insieme una giara si promettevano fedeltà per tutta la vita.

Un silenzio commosso scese su tutti e, mentre Nef tremava per l' emozione, fu Hor a prendere la parola:«Geniale Anù, inizialmente non nutrivo molta stima nei tuoi confronti, poiché vedevo la tua insofferenza per le armi e la guerra non ti pensavo un degno figlio del grande Egitto. Poi ho conosciuto la profondità del tuo cuore e l'ingegno della tua mente e ho capito che le armi che tu usi sono altrettanto efficaci della lancia e della spada. Prendi in sposa mia figlia e rompi la giara con lei, nessuno potrà darle più felicità di te».

Nef abbracciò prima il padre, poi la madre, col cuore colmo di gioia; poi rivolse al futuro sposo uno sguardo colmo d'amore.

Fu deciso che nel pomeriggio fosse celebrata la cerimonia che, dati i tempi, non potè che essere modesta, ma piena di sentimenti buoni e sinceri.

Anù, Hor, Isi, Hanoi, Tar, i soldati, si prepararono con le vesti migliori. Nef si ornò come un fiore che sboccia a primavera.

Fu procurata la giara più grande che si trovasse nella casa e Anù la decorò con alcuni delicati disegni portafortuna. Nef lo guardava commossa: sentiva come un nodo che le chiudeva la gola e invano tentava di ricacciare le lacrime.

Tutto era quasi pronto, quando si sentì una voce stridula che gridava: «E allora, si comincia? Sono stanca di aspettare! Io voglio mangiare i dolcetti!» Era Tari che non sapeva staccare lo sguardo dalle ciotole ripiene di dolci preparati dalle donne.

«Hai ragione» disse Hor «Cominciamo».

I due giovani si avvicinarono. Le loro mani, unite, tenevano la giara ed i loro sguardi si perdevano l'uno dentro l'altro.

Tari, impaziente, esclamò ancora: «E allora questa giara, la rompete o no?»

Con un sorriso i giovani si scossero, le loro mani si staccarono contemporaneamente e la giara, caduta sul terreno, si ruppe in più pezzi.

Il cavallo, che si era affacciato alla porta, lanciò un nitrito festoso e tutti risero allegramente.

Allora Anù invitò tutti ad uscire; oltre la porta il cavallo sembrava impaziente di partecipare alla festa; scrollava il collo cercando di liberarsi dai finimenti che lo infastidivano.

Anù lo accarezzò, prese in mano le briglie e le porse a Nef dicendo: «Questo è ciò che di più grande ed importante io abbia; è tuo».

Un nitrito squillante salutò la sposa tra le espressioni di sorpresa di tutti i presenti. Nef si appoggiò al collo del forte animale e gli accarezzò il muso intelligente, cercando di nascondere una lacrima che le scese furtivamente lungo la guancia. Poi, rivoltasi verso lo sposo lo abbracciò teneramente.

Il cavallo inserì la sua testa tra i due quasi a dire:«Guardate che ci sono anch'io!»

Un applauso spontaneo, a metà tra il divertito ed il commosso, accompagnò il fatto.

Ora Nef e Anù erano sposati; avrebbero condiviso i tempi tristi che attendevano gli abitanti della valle del Nilo, ma li avrebbero superati insieme.

Poi avrebbero scacciato gli Hyxsos e la stella dell'Egitto avrebbe brillato ancora sui popoli circostanti.

Le avventure della famiglia di Hor e Isi continuano nel libro "il segreto del Nilo" e poi ancora in "Tari, regina d'Egitto" della stessa Casa Editrice.

Libri TREDICI da 8 a 11 anni

I libri con * sono disponibili in formato e-book

- La valle degli orsi, di L. Taffarel — 6 €
- Forza otto, di L. Taffarel — 6,50 €
- Ako bambino preistorico, di A. Santolin — 7 € *
- Ragazzi nella preistoria, di L. Taffarel — 7 € *
- La valle del mammuth, di L. Taffarel — 5,90 € *
- Il mistero dei fossili, di A. Santolin — 5,40 €
- All'ombra della Sfinge, di L. Taffarel — 6,50 € *
- Il segreto del Nilo, di L. Taffarel — 6,50 € *
- Tari, regina d'Egitto, di L. Taffarel — 6,50 € *
- Gli amici di Pegaso, di A. M. Cipolat — 5,90 €
- Lo spirito di Elena, di L. Taffarel — 7 € *
- La tela di Penelope, di L. Taffarel — 7 € *
- Ma dov'è finito Ulisse? di T. Zaccuri — 7 € *
- Misteri alla locanda etrusca, di A. M. Cipolat — 7 €
- Bambini di Aquileia, di A. M. Cipolat — 7 €
- Ragazzi germani a Roma, di L. Taffarel — 7 € *
- Il barbaro gladiatore, di L. Taffarel — 7 € *
- I due castelli, di A. M. Cipolat (Medioevo) — 7 €
- La pietra di luce, di L. Dal Cin (Medioevo) — 6,80 €
- La magia delle parole, di A. M. Cipolat — 5,90 €
- Ragazzi in guerra, di L. Luise — 5,40 €
- La casa sul Piave, di A. M. Cipolat — 5,90 €
- L'enigma di Otzi, di B. Forti — 7,50 €
- Io voglio vivere, di A. Buzzat, R. Musumeci — 7 €
- Da Kabul a Kabul, di A. Buzzat, R. Musumeci — 6 € *
- In viaggio dall'altipiano, di A. Buzzat, R. M. — 6 €

I testi sono acquistabili anche su internet, sul sito www.tredieci.com